寻找唯一的真相

现代推理馆 | 誉田哲也

左右对称

誉田哲也 著

徐萌 译

中国出版集团

现代出版社

版权登记号：01-2016-1735

图书在版编目（CIP）数据

左右对称 /（日）誉田哲也著；徐萌译 . —北京：
现代出版社，2018.3
ISBN 978-7-5143-6378-4

Ⅰ.①左… Ⅱ.①誉… ②徐… Ⅲ.①推理小说－日
本－现代 Ⅳ.① I313.45

中国版本图书馆 CIP 数据核字（2017）第 188014 号

左右对称

作　　者　【日】誉田哲也
译　　者　徐　萌
责任编辑　赵海燕
出版发行　现代出版社
通信地址　北京市安定门外安华里 504 号
邮政编码　100011
电　　话　010-64267325　64245264（传真）
网　　址　www.1980xd.com
电子邮箱　xiandai@vip.sina.com
印　　刷　三河市南阳印刷有限公司
开　　本　890mm×1240mm　1/32
印　　张　6.75
字　　数　150 千
版　　次　2018 年 3 月第 1 版　2018 年 3 月第 1 次印刷
书　　号　ISBN 978-7-5143-6378-4
定　　价　38.00 元

目录

东京

晴空万里。

说起来，玲子来这里的时候还没有遇到过下雨。天空向着陵园彼方的那座有些高度的山丘延伸，在她的印象里，这里总是万里无云的蓝天。

这是否意味着，这些年来每逢木暮利充忌日的二月二十七日，天空都是晴朗的呢。

但当玲子将自己的想法告诉了木暮景子，得到的回答却是："怎么会啦，曾经下过雨啊！"

"哦？哪一年的事？"玲子朝着前方的那个圆滚滚的后背问道。

"那是……啊，玲子那年好像没来。那年是——"

景子明亮的发色与年龄很不相称，今天她穿的是黑色正装外套，因此头发颜色显得更为扎眼。

"是前年吗？"

"对、对，是那天下雨了。"

原来如此。前年的这一天恰好赶上案件搜查的重头戏部分，无论玲子怎样想方设法也没能从监视行动中抽身，不过她记得那天确实是下雨了。

"看来木暮不是'晴男'，我才是'晴女'。"

景子爽朗地哈哈大笑起来。

"要说起来他更应该算是'雨男'，我们两个人相遇那天、结婚那天和他去世那天都在下雨……"

木暮去世后，景子曾经告诉过玲子他们二人大致的恋爱经过。

十多年前，还在警视厅中野警察分局的生活安全课任职的木暮，在调查黑道的相关案件时，认识了当时做女公关的景子。两个人很快互生好感，交往两年多后就结婚了。虽然婚后没有孩子，但从景子言行的细微之处中可以窥见他们夫妻的感情还不错。

"……说不清他长得像大猩猩还是野猪，别看他这副长相，睡觉的时候特别可爱呢。"

时光飞逝，木暮已经去世四年了。依逝者所期，并没有举办什么告别仪式，但据说忌日前后墓前的鲜花从不间断，大多是与逝者曾经共过事的警界相关人士送来的。

大概是因为其中只有玲子同为女人，因此玲子尽量和景子约好时间一起来扫墓。虽然也有像前年一样无法从案子中抽身的情况，但除了那次之外玲子基本都能想方设法地安排出时间来。

走下平缓的台阶，到了木暮的墓所属的六区。这片陵园位于向丘游乐园附近，大概因为是新建的，所以砖铺的道路格外整齐，每条路看起来好像都一样似的。玲子曾试着自己来了两次，结果两次都"成功"地迷路了。最终还是电话求助景子，询问墓地在哪个区的第几道往哪边拐的第几个，才终于辗转找对了地方。

——你这样也算是刑警吗？

玲子感觉好像听到了正在某处凝望这一切的木暮的声音。

"啊……"

走在前面的景子忽然发出了声音。

越过她的肩膀往前看，只见一个年轻的女孩正迎面走来。她穿着像是在求职时穿的深蓝色的西服和朴素的灰色外套，右手提着水桶，但并没有拿花。显然她已经扫完墓要回去了。

不过，为何景子看到她会感到惊讶呢。

莫非这女孩是木暮的私生女……

不，并不是这样。等对方走近一看，玲子才发现其实自己才更熟悉这个女孩。在她的额头上，还残留着那道浅浅的伤痕。

——美代子……

景子并没有和女孩说话，在窄窄的过道上互相侧着身擦肩而过了。

而玲子则犹豫着要不要和她打招呼，如果对方发现了自己，好歹也要说一句"好久不见"吧，或者寒暄一下"你看起来状态不错"。

但是，如果对方没有注意到，那自己也装作没看见吧。

结果，她并没有往玲子这边看，直接从她身边走过回到了过道上。

看到玲子的目光不由自主地追随着女孩，景子诧异地抬头看向这边问道："……玲子，你认识那个女孩吗？"

"啊，嗯……你呢？"

两个人的目光都转向了沿台阶远去的女孩子。

"我记得大概是前年吧……偶然见到那个女孩一个人来扫墓。我向她打了个招呼,她向我鞠了个躬,然后就快步离开了。我想大概是有什么特别的原因吧,也就没再多想。"

不愧是前刑警的妻子,解释得合情合理。

"嗯,是啊。的确是有些特别原因,不过这话说起来就长了,等扫完墓再说吧。"

景子微微闭了下眼睛点了点头。

那是六年前的事了。那时玲子还在品川分局的重案组工作,正为了升职巡查部长的考试伤脑筋。

当时,玲子只是个二十五岁的巡查刑警,同组的巡查部长木暮刑警已经五十六岁了。与其说他们是前辈与晚辈的关系,不如说是一对年龄差得有些悬殊的搭档。

"喂,玲子,以后我的茶不要沏得太烫。"

木暮叫玲子的时候,绝不会称呼她的姓氏"姬川"。心情好的时候叫"玲子同志",心情不好的时候就唤作"小玲子"。不过,大多数时候还是直呼其名。

"……对不起。"

"你这个样子,可当不了一个好太太啊!"

"是的,我也这样觉得。"

即使心有不甘,但说的却是实话。玲子完全无法想象自己结婚后为某人做饭的样子,而且提到"某人",她也只想过要是木村拓哉的话

4

还是可以试着交往一下的。

"您的太太是个什么样的人呢？"

"原来是女公关。温柔体贴又性感，堪称完美。"

"你们是怎么认识的啊？"

"不告诉你。"

真是个狡猾的大叔。

不过，此时玲子才当了两年多的警察。就算算上之前在盗窃犯罪组的经历，做刑警的经验也还不到一年。对她而言，经验丰富的老将木暮的形象甚至比组长大柴、课长上衫更高大。

"玲子，咱们走。"

"来了。"

地方警署重案组平时处理的多是没到出人命地步的暴力案件，比如打架斗殴或是由此发展而来的伤人案和犯人已经锁定的杀人未遂案件。在没发生这些案件的时候，就要继续调查辖区内曾经发生过的杀人案等。

木暮外出时总要带上玲子，同时传授给她一些做刑警的诀窍，比如刑警就得多跑腿，平时没事时也要去街边店铺走动走动，和老板们聊聊天，以便打造自己的独家情报网。

"阿德，这是玲子，以后会接我的班，你可得关照着她啊……长得很漂亮吧？不过就是不太机灵。"

玲子觉得经过木暮介绍在日式餐馆、寿司店、汽车修理厂等地方混个脸熟挺好，但也不用每次都在最后加一句"不过就是不太机灵"吧。

"木暮警官，我真的有那么笨吗？"

"傻瓜，没必要为这种微不足道的事生气吧。像你长成这样如果又很机〇〇〇〇过于完美就会让对方产生戒心。应该让他们觉得你虽然长得很漂亮，但却有些傻气才对。"

木暮虽然嘴很毒，但是经常表扬玲子。他总是评价她作为刑警的直觉很灵敏，可以清晰地看出事件的来龙去脉，而且看人也很准，只是在做女人方面不太灵光。

这一天，木暮和玲子来到品川分局署辖区内的居酒屋与店主闲聊。

"哦，Hoppy 不是酒吗？"

玲子经常看到酒馆墙壁上贴着写有"Hoppy"的海报，却一次都没尝试过。

"不是酒啦，和可乐一样都是碳酸饮料。"

木暮举起褐色的小瓶直接对嘴喝了。

"真的假的啊？"

身着日式短褂的店主笑着点了点头。

"真的真的，这饮料是不含酒精的。一般都是以五比一的比例兑着烧酒之类的一起喝……这是在战后艰苦时期，作为啤酒的替代品开发出来的，现在很少有年轻人还喝这个，不过最近说是啤酒里含有嘌呤什么的？ Hoppy 里面就没有，所以大家又开始当它是健康饮料。"

玲子对此一概不知。

在这种无谓的闲聊之中，木暮的手机响了。

"喂，是我。"

他用眼睛向玲子示意，电话的另一端好像是重案组组长大柴警部补。

"……好的，我们马上就过去。"

木暮把 Hoppy 的空瓶放在桌上。

"老板，记我账上。"

店主苦笑着回了句"好嘞"。

"走吧，玲子。"

"好的。"

木暮拉开了酒馆的推拉门，跟在身后的玲子走出店门的那一刻，产生了一种腾腾热气是在阻挡他们去路的错觉。其实玲子非常害怕过夏天，不过现在并不是叫苦的时候。她轻轻地甩了甩头振作起来，一路小跑地去追赶木暮的背影。

"……又有案子了？"

玲子用手帕捂住嘴，来抑制住自己的呕吐感。

"不知道。好像是品川东高中的一个学生从有泳池的楼顶上跳下来了。而且穿着泳衣……至少不是适合自杀的打扮。"

木暮抬手叫停了一辆出租车。今天恰好赶上他们两个人来到了北品川，距品川东高中所在的东品川三丁目还有一定距离。其实，品川东高中就在警署附近，如果他们没出来的话马上就能赶到现场了。

"唉，有时候就是这样。"

木暮说完后就在车里一言不发了。

品川东高中是一所兼设全日制和非全日制的都立高中，大约共有八百多名学生。在品川区的四所都立高中中，大概排名在第二、第三位。即便如此，也要比玲子母校埼玉县旧蒲和市高中的排名要高得多。校园很现代且整洁，没有泥土的橡胶操场洋溢着大城市的气息。

"我们来晚了。"

"对不起。"

操场的一角，是一栋有很多体育设施的楼，楼脚处用蓝色防水布围成了一个小房子。周围有几位鉴定人员一手拿着放大镜蹲在地上，凝视着地面查找是否有东西掉落。其他还有二十多位警察和便衣围在现场。

同属重案组的秋叶伸由巡查长向木暮和玲子阐述了案件的经过。

"死者叫栗原知世，高一学生，十五岁。今天是游泳队训练的日子，她好像是在训练结束后掉下来的。"

三个人一同抬头向上看。这栋三层的体育楼建在学校用地的东侧。透过屋顶的栏杆，可以隐约看到鉴定人员的身影。

木暮噘起嘴，目光转向蓝色防水布。

"尸体呢？"

"还在那里。"

"有没有目击者？"

"现在是暑假，所以本来来学校的学生就少，再加上今天好像没有社团用操场……目前为止，还没有跌落时的目击信息。"

这时，青少年案件组的主任水谷彰子巡查部长插嘴说道：

"这就很奇怪了。据说今天游泳队是自由训练，顾问老师和由毕业生担任的教练都不在，六位男队员率先上来了，之后剩下的四位女队员除了栗原知世以外，其他人也都上来了。说是上来，其实就是下到三楼去了。"

"有什么奇怪？"

木暮看向水谷。

"假设死者一直在等待时机自杀的话，从结果看也能说得通吧。"

"可是，这儿是学校啊，而且还是从泳池那里掉下来的。如果你说的是事实的话，那学校看管不到位的责任可就大了。"

"对学校的批判就交给 PTA 吧，我们只要弄清楚这是自杀还是他杀，如果是他杀的话谁比较可疑。"

木暮拍了拍玲子的肩膀，这时从屋顶有声音传来。

"喂，木暮，快上来！"

重案组组长大柴正在从屋顶上一角向下招手。

"好——现在就上去。"

木暮又拍了下玲子，两个人一起向着校舍的玄关处跑去。在那里换好室内拖鞋后从通道进入体育楼，上了楼梯。

楼内的楼梯就到三层，打开一扇铁门后外面还有楼梯可以通往屋顶。这里已经铺好了橡胶通行带，铁门上贴有禁止入内的胶带，地域课警察也守在门口站岗。

"你好。"

"您好。"

他敬了个礼，帮二人拉起胶带。

然后，两个人穿上塑料鞋套，戴好白手套进入了现场。登上楼梯再次与猛烈的直射阳光相遇，玲子又开始有些作呕的感觉。

橡胶通行带一直铺到泳池边。

"喂——这边这边。"

在对面二十五米处，大柴和其他组长、侦查员等七人围聚在一起，木暮和玲子一边为来晚道歉一边加入其中。

"有什么发现吗？"

"还不太清楚。"

大柴低头向校园望去。玲子也随之和木暮一起向下看，正好看到担架上盖着毛毯的遗体正被人从蓝色防水布围成的小屋里抬出来。地上用粉笔画出的人体形状，头部正好撞在花坛的边沿上。不知栗原知世掉下来时是脸还是后脑勺撞上了花坛。

鉴定组长池田警部补向年轻的警员下令："好好找找这方面的线索。"

"没有目击者吗？"

大柴皱着眉对提问的木暮摇了摇头。

"掉下来的时候，没有人在操场。那边的老师办公室里倒是有几位老师……不过，你看——这边是死角，即使恰巧看到了，也只能看到她掉落中的样子吧。总之，大家都说没有看到。"

"现在谁在办公室里？"

"义男在那边。"

木暮也曾给过这位重案组主任中村义男巡查部长很高的评价，称赞他是"年轻有为的刑警"。

"我们正准备对以游泳队队员为首的在校学生们进行简单的询问。现在我让生活安全课的几个人和市村、吉井在那边看守待命。"

市村和吉井也是重案组的刑警，两个人的等级都是巡查长。

木暮扫了一眼周边的街道问道："搜查范围是多大？"

这意味着要在案发现场周边进行彻底的探听侦查。木暮从兜里拿出地图，大柴用手指在上面轻轻地画了个圈说："总之就在这个可见范围内吧"。大致就是案件事发现场的周边街区。

"那能给我十个人吗？"

"不，你先去帮忙做学生们的笔录，他们都在一层的三年级 D 班和 E 班教室里。虽然不愿这样说……但那边的嫌疑最大。课长在三层，去问一下安排就开始吧。"

"知道了。玲子，咱们走——"

"好的。"

玲子他们和来的时候一样，一边看着对面的鉴定人员聚集在跳楼现场，一边向楼梯走去。

环绕屋顶一圈的水泥桩，高度有七十厘米左右。水泥桩上还有一圈围栏，顶端的横向栏杆将竖着的栏杆连接在一起，栏杆的顶端约两米高。玲子心想，从那里翻身跳下去，真需要一定的勇气才行。

"玲子干什么呢？快走。"

"啊，是。"

问我干什么，肯定是在想这件案子嘛——玲子心里想着但却没说出口。

在刑事课长上杉警部的提议下决定用一层的两个教室，把游泳队和其他学生们分开侦讯。

"负责游泳队队员的人，在询问时一定要特别注意询问的对象在意谁的存在、提防谁说的话，等等。侦讯时要观察他们细微的表情变化、想法、所针对的方向和人等，这些内容比证词内容更为重要。"

一行人在三层的空教室里稍微碰了下头，然后一起走向一层。参与搜查的刑警与学生人数相同，都是二十二人。学生方面包括游泳队六名男生、四名女生，美术部的男女生共七人和园艺部的五名女生。刑警将一对一地进行询问。另外园艺部的学生今天本来来了六位学生，但其中一位是案件的第一目击者，因惊吓过度被送到了医院，故减少一名变成了五人。

三年级 E 班的教室中，桌子已经被摆成了一个大长方形。刑警坐在里侧，学生们坐外侧。这样安排是考虑到面向教室内侧的学生们无论愿意与否都能看到其他学生与刑警交谈的情况，也许就会下意识地看向自己比较在意的方向。

也许这种方式很难像一对一讯问一样不受干扰，但玲子认同这是一种很有效的调查方法。她负责的学生是与死者栗原知世同为高一学生的课外活动小组的女队员们。

"你好，我是品川署的姬川玲子。请多关照……那么首先，请告诉我你的姓名。"

多田美代子，高一学生，十六岁。黑色长发配上小巧的脸庞十分可爱。虽然略微下垂的嘴角看起来有些乖僻，但一双乌黑亮丽的眼睛却很好地弥补了这一点。

但是，她的脸上有一个地方另玲子十分注意。

在她的额头上贴着一块长宽约五厘米大小的白色纱布。

"那里是怎么弄的？"

"啊，"见玲子伸出了手，美代子慌忙用双手捂住了纱布，这个反应显然很异常。

——这女孩怎么回事……莫非她就是凶手？

先不管这盲目的猜测，在这种正面对峙中，她到现在才想起隐藏额头上贴着的纱布，这个举动怎么想都觉得不太正常。

"喂，怎么受伤了？是把痤疮挤破了吗？"

美代子的目光闪烁地瞥向玲子的左后方。坐在那里的应该是比美代子高一届的游泳队队员。

"能让我看看你的伤吗？"

美代子用力地摇了摇头，"那、那个……撕掉胶布会很疼的。"

怯懦的目光，这次看向了另一个方向。那边是游泳队的男队员。

"这样啊，那算了。抱歉，不过这个伤是怎么弄的可以告诉我吧？是医务室帮你治疗的吗？"

美代子低垂着眼睛，用微弱得几乎听不见的声音回答道：

"……在泳池边摔的……是医务室。"

"医务室的老师今天来了吗？"

"没有……"

"那是你自己包扎的？"

"不……是学姐。"

"学姐帮你包扎的？是吗，真是不错的学姐呢。是哪一位学姐？"

她的脸颊僵硬地绷着，低垂着眼睛谁也不看。

"哪位学姐？"

很明显，这个问题难住了她。

"筱……筱学姐。"

"是哪位？"

玲子反复看向周围的人和美代子。最终，美代子无可奈何地指向了一开始看向的方向——玲子的左后方。

原来如此。她就是"篠学姐"啊。

玲子确认了一下她的汉字全名——篠和惠。

短发的她看上去也是一个很招人喜欢的女孩子。不过，从表情看可不像是会照顾人的学姐的感觉。不知道她是怎样看待玲子的存在，只见她一直冷冷地瞪着美代子。

玲子转过头，发现美代子低垂着脑袋，身子比刚才缩得更小了。

"那么，我就简单地问两句吧。栗原知世跳下来的时候你在哪里？"

"这个刚才已经……"

"嗯，刚才你可能已经告诉穿警服的人了，那就请你再说一遍，当时你在哪儿？"

美代子都快哭出来了。也许会有刑警将这解释为失去朋友后受刺激的状态，但玲子却不这样认为。

这个女生知道些什么。而且，她掌握着栗原知世死亡真相的近乎关键的部分，并企图隐瞒这一真相。恐怕和她额头的伤也不无关系，而且，和叫篠和惠的高二女生也一定有关。

"在更衣室……换、衣服……然后去了三楼……在楼门口。"

"也就是说，当时你在楼门口？"

"啊，不……"

不对劲，太可疑了。不应该在这种吵闹的地方，需要在一对一更安静的地方仔细询问。

"那我再问个好理解的问题吧。你喜欢栗原同学吗？"

美代子很明显地惊了一下。

不用回答也知道，她应该是非常讨厌栗原。

在周边侦查的警员们回来后，整个队伍召开了侦查会议。刑署署长、副署长、各主要课的课长、组长也参加了会议，总共三十多人，对辖区的警署来说已经是个大规模的会议了。

"首先，我想汇报一下尸检结果。"

刑事课的上杉课长担任了主持。

"直接死因是死者摔下来后，头部猛烈撞击到水泥地面和花坛边缘的砖头上，造成了颅脑损伤。两手腕、右肘部、腰椎骨、右侧大腿骨骨折，可以推测都是摔下来后与头部骨折同时造成的。另外，至于跌落现场中哪里造成了死者什么部位的骨折，这得结合现场鉴定结果来看，还需要一些时间。死者背部还有一些擦伤，这也要结合现场状况才能再进一步做判断……"

上杉课长还报告了一些其他的细节，总之，从目前的判断来看，死者是单纯的跌落致死。

"有什么问题吗？没有的话，就听听其他各部门的报告。从鉴定组开始。"

"是。"

站起来的是刑事课鉴定组的内海巡查部长，他先走到了画有现场情况示意图的白板前。

"那么我向大家报告一下坠楼现场和屋顶泳池旁边的鉴定结果。首先，仅在现场栏杆的上端，也就是这根横栏上采集到一处指纹，可能是栗原知世坠楼前留下的，是左手抓住栏杆时留下。"

会议室的各处响起了带有质疑的声音，但内海继续说道：

"这一处指纹，呈现的是由食指至小指朝着泳池的方向自上方握住横栏的状态。并没找到拇指的指纹……为什么指纹会在这个位置上，我也感到很不解。"

"以这种方式握住栏杆的时候，可以推测出身体是怎样的状态呢？"

对于上杉的提问，内海歪着头说：

"勉强说来，可以推测出两种情况。一种是在朝着泳池的方向，背靠着栏杆的状态下，在下面尽力地伸手握住栏杆……不过，这种状态下，要想跳下去的话，就必须蜷体向上翻过栏杆。做这个动作手肯定要变换位置，而且重要的是只有左手在栏杆上是不太可能的。栏杆上也没用拇指的痕迹……还有一种状态，就是突然坐在了栏杆上。"

啊？——反问的是木暮。

"对，的确有些奇怪。虽然奇怪，但依据这个指纹的位置来看只能这样解释。坐在栏杆上，像这样，把手放在屁股的旁边。虽然匪夷所思，但这是最为合理的解释。"

鉴定组组长池田指着内海问道：

"栏杆上有屁股的痕迹吗？"

"啊，没有，这个目前……"

"那脚印呢？没有脚印吗？"

"是的，没有脚印的事也很奇怪。我们仔细地查看过出现指纹、掌纹的栏杆下方，竖着的栏杆上也没有出现其他指纹，而且镶嵌栏杆的水泥桩子上也没有检出脚印。考虑到一直到水泥桩前面都是有水的，所以皮脂很可能会变少，就很难留下脚印了。但是要说一点痕迹都没有，就不太正常了。因为在水泥的地面上，是隐约可以发现栗原知世和其他队员的脚印的。"

上杉又打断他问道：

"那这能说明什么问题呢？"

内海紧锁眉头说道：

"说明我们可以推测栗原知世就是像刚才讲的那样，面向泳池握一下栅栏的上端，飞身翻过栅栏后跳了下去。"

死者不是从内而外，而是从外侧向里握住栏杆，仅仅一次就飞身翻过了那么高的栅栏？这么荒谬的事怎么可能发生呢？

上杉一副难以置信的样子，向后靠在了折叠椅背上。

"或者有没有可能是谁把她抱上去，然后从那个栅栏上扔了下去？"

"不，我认为这不太可能。从水泥桩子到泳池的地面之间，包括矮一截的部分在内一共约一米二宽。这距离能并列站几个人呢？最多也就两个人。如果分别由两个来抬死者的上半身、腰部和腿的话，那么一共需要六个人把她抬起来，然后扔出去，那么这六个人的力量能把她扔过那么高的栅栏吗？更何况栗原知世也一定会反抗的，而且，水泥桩子上并没有检测出栗原知世以外的人的足迹。也就是说，假设死者是被扔上去的，那么当时谁都没站在水泥桩子上。这就说不通了吧。"

会议室里，大家都抱着脑袋垂头丧气。

木暮轻轻地举了举手。

"也就是说，现在的情况是不是既无法判断是他杀，也不能判断是自杀……总之，想象不出死者是在什么情况下掉下去的？"

内海用力点头。

"说起来很不好意思，但的确如此。"

之后，他继续报告了坠楼现场的情况，但从鉴定方面并没有什么新的发现。

"下面请对相关人员进行问话的、负责游泳队学生的……水谷你先说吧。"

"是。"

结果形势突变，负责相关人员侦讯的警员们不断做出了重要的报告。特别是负责游泳队队员问话的十个人的报告，使游泳队内部异常的人际关系逐渐浮出水面。

首先一点就是，多田美代子遭受了欺凌。

傍晚接受侦讯的女队员有四人，她们是高一的多田美代子、今井多惠、西本亚纪和高二的篠和惠。总感觉多田美代子受到了以篠和惠为中心的小集团的排挤。

可是，额头上伤口的包扎又怎么解释？

给美代子额头上贴上纱布的不是别人，正是篠和惠。但是，她看美代子的眼神的确不同寻常。这一事件的根源部分是篠和惠对美代子的恨意吗，抑或是相反的恨意？可实际上死去的却是栗原知世……

游泳队某位男队员的证词解开了这个疑问。

据该男队员透露，篠和惠喜欢男子游泳队队员木下圭介，不过最近木下喜欢上了多田美代子。这是三角关系，情感纠纷。总之，篠和惠和多田美代子之间的怨恨关系是成立的。但是，仍然不清楚关键问题——栗原知世的"死因"。

负责询问那名男队员的市村巡查长继续说：

"篠和惠家里好像资产颇丰，他还说她可能是用钱操控着低年级的学生。他说话的时候时常会停顿，这时我一回头基本上就能看见篠和惠在恶狠狠地瞪着这边。"

原来，篠和惠扮演的是这种角色。

上杉问道：

"那栗原知世和她们是什么关系呢？"

"嗯，是这样的，木下圭介夹在篠和惠和多田美代子之间形成了三角关系，而栗原知世处在这段关系之外的位置上。虽然栗原知世和美代子是同一年级的同学，但以栗原知世为首的三名女队员在金钱的感召下都依附于篠左右，这大概就是她们的关系构成。"

而玲子的报告确定了这一扭曲的人际关系。

美代子的额头受伤了。为她包扎治疗的是篠，但她恶狠狠地瞪着美代子，美代子也非常害怕她的眼神。

"那个伤口是怎样造成的呢？"

"她自己说是在泳池边摔倒了。但是，给我的感觉是她的伤大概和栗原知世的跳楼有着一定的关系。我让她把纱布揭下来看看，她以疼为由拒绝了；而且当问到喜不喜欢知世、喜不喜欢篠学姐的时候……她到最后也没能说出喜欢来。我同意前面的报告内容，多田美代子受到了以篠和惠为中心的女生小团体的欺凌。"

紧接着是周边搜查情况的报告，但并没有找到有用的目击情报。

各组报告结束，对案情的讨论陷入胶着状态，负责宣传的副署长像是等得不耐烦了，厉声问道：

"所以，到底是自杀还是他杀？"

没有人回答。坐在他身旁的署长的态度，像是仅仅要静观其变一样。

"要是自杀就不用多说了，可是如果是他杀就应该请求总部的协助。而且现在已经十点了，我应该对等在外面的媒体怎么交代呢。"

"那就说从自杀和他杀两个方面进行调查吧。"木暮说完，副署长呆呆地叹了口气。

"……跳下来的情况不明、自杀他杀不明、无法决定应不应该把总部的搜查一课叫过来协助，虽然有人在游泳队里受到了欺凌，但被欺负的却并不是死者……这些话让我拿什么脸面来说呢！"

坐在他斜右方的上杉脸色稍显不悦。

好像是副署长的唾沫喷到他了。

最终的决定是先向警视厅总部刑事部汇报案件现状，如果他杀的嫌疑再加重一些的话，就正式请求总部的支援。按照木暮所说，向媒体方面公布从自杀和他杀两方面开展侦查。

第二天开始，玲子他们也加入了周边搜查的队伍，为了找到坠楼的目击信息，他们在事发现场周边四处取证。

正午过后，木暮和玲子觉得反正离所里很近，就决定回警署的食堂吃午饭。今天的午餐是咖喱饭，木暮是"吃咖喱要放酱油"派，所以玲子在他开口前就把酱油递了过去。玲子觉得这也算是很有眼力见儿了，但她不记得在这一点上受到过表扬。

顺便说一下，玲子的咖喱饭上是什么都不加的。

"……我觉得，多田美代子很可疑。"

而且，木暮还是将咖喱饭"胡搅一通"派。

"对未成年人的事，可不能乱讲哦。"

"现在还有人认为未成年人不会杀人吗？"

"不是不会杀人的问题。我的意思是，在人权等方面被人说三道四会很麻烦。"

"那要这样说的话，还怎么开搜查会议呢。"

"噢？那么我们现在是在开会？"

"这里是警署里的食堂。但不是会议室，没错吧？"

玲子"哼"了一声，把勺子放进了嘴里。

"……你觉得怎么可疑了？"

明明刚才是你不让我说的，玲子心里这样想着却还是忍不住要接着说下去。

"总觉得她不太对劲。"

"因为她没让你看额头上的伤吗？"

"……嗯，算是吧。"

"为什么会觉得这点可疑呢？"

"就是感觉可疑。"

木暮苦笑着继续吃饭。

"……靠感觉不可以吗？"

"没有啊，倒不是不可以。如果你猜对了，就可以大大地显摆一番了。"

两个人大口大口地吃着。

"……可是，这样不算是我的功劳。"

"那也没办法嘛，咱们都已经被派来周边搜查了。如果你还是不甘心，那就从对周边的搜查中找出与多田美代子有关的证据吧……"

木暮率先吃完了，玲子看见他那无所事事的样子，意识到一件事。

"咦，你不抽烟吗？"

"啊，"他的眼神有些游离。

"烟抽完了。"

"那我去买吧，还是买之前那种就行吧？"

玲子吃下最后一口刚要站起身，木暮慌忙用手制止了她。

"不，不用了。"

"为什么？"

"今天是养肝日。"

"那不应该是不喝酒的日子吗？"

玲子想起这些天，木暮一直都没出现在酒席上。

"真的不用了。万宝路我已经抽腻了，想换别的试试……所以，不用买啦。"

"哦，这样啊。"

玲子也不是特别希望木暮抽烟，所以就没再坚持。

"哦，我听说了，一个高中生跳楼了是吧？但是我没看到，我们这儿也很忙的。"

能看到品川东高中体育楼屋顶的建筑多是仓库和写字楼。周边基本上没有民宅，商店也只有一家便利店，完全找不到能称之为目击情报的证言。

另外，玲子他们目前负责案发现场东侧一带。如果建筑物不够高的话，跳楼现场就处在死角的位置，在这边是看不到的。这家运输公司办公室的位置，虽然能看到体育楼，却基本看不见楼顶的情况。

"当时您身边还有别人吗？他们有没有看到什么？"

玲子无意间一回头，看到有个人影正在沿着通往体育楼屋顶的室外楼梯向上走。

仔细一看，她看到了长长的黑发。

是多田美代子吗？玲子的直觉一闪而过。

"木暮前辈，"玲子拍了拍木暮的肩膀，用手指指了一下。木暮也皱起眉头眯着眼睛，凝视着马路对面的体育楼。

"是谁啊？"

"是多田美代子，你看，额头上贴着的像是创口贴。"

"那哪儿看得见。"

不是吹牛，玲子的双眼视力都是2.0。

"总之咱们过去吧。"

"为什么？"

"这个……"

为什么呢？玲子总觉得心中莫名慌乱不安。

"没感觉她的神情不太正常吗？"

"你能看清她的神情吗？"

"我能看清！"

见玲子跑了起来，木暮无奈地跟了过去。

等他们二人跑下楼梯，飞奔出公司的大楼，到街上再抬头看的时候，发现美代子已经不在楼梯上了。

"我先过去了！"

玲子对身后的木暮说。木暮挥了挥右手表示知道了。

玲子没有走人行横道，用手向来往车辆示意通过了车来车往的马路。好几次被车鸣笛警告，但已经顾不上那么多了。

话说这心里的不安感是怎么回事呢。

进了校门，冲过传达室进入通道。飞奔过三层楼的楼梯后，看到铁门是关着的，但并没有上锁，门一推就开了。

铁门外的楼梯已经撤下了橡胶通行带，玲子三步并作两步地飞奔而上，这时她才发现自己还穿着皮鞋，连鞋都没来得及换。有那么一瞬间她觉得这样上去还是不太好，但直到跑到泳池旁边一看才庆幸自己没去脱鞋。

多田美代子刚好翻过栗原知世跌落附近的栅栏，转头向楼下的地面张望着。

"多田同学——"

多田美代子吓了一跳转过身来，表情一沉像是马上要哭出来了。

"不要过来！"

玲子下意识地停了下来。但是，一旦止步，迈出下面的一步就需要相当大的勇气了。

"……发生了什么事吗？"

一边说着玲子就准备继续往前走。

"不要过来，再往前我就跳下去！"

这下反而让对方说出了关键性的台词。

不知所措，玲子的大脑一片空白，完全想不出来这种时刻应该怎样处理，之前是怎样学的。

"……是被人欺负了吗？"

玲子和美代子的距离约有五米。

"所以……才想要跳下去？"

木暮在磨蹭什么？

"拜托你……"

于是，"是我杀的"。美代子竟开口说道。

"……是我杀了知世。"

这时木暮终于赶到了。

"这是怎么回事……？"

他气喘吁吁地两手扶着膝盖。

"……她说自己杀了知世，所以要跳下去。"

"这不用说我也知道。"

木暮刚想往前走，美代子就大叫一声"不要——"，一只手松开，身体朝后仰去。

"你让开！"

"别过来！"

但是，

"我来了！"

木暮不甘示弱地喊道。

"我来了，我当然要过去！"

他脚下一点一点地往前蹭着。

"你多大了……"

美代子依旧只用右手抓着栏杆，身体重心向后。

"你也就十六岁吧……我已经五十六了。比你多活了四十年。"

两人之间的距离缩短了一米左右。

"……不过我还有很多想做的事。干到六十岁退休，然后……我家没有孩子，但是可以和老婆一起去温泉旅行……我们都没出过国，所以想去夏威夷或其他地方看看。"

木暮的声音颤抖了。

"可是，已经哪里都去不了了……医生说我是癌症晚期。"

啊？——发出声音的是美代子，还是玲子自己呢？

"……说是肺癌。已经转移到全身上下了，最多也就还能活一年吧，这下真的完啦。"

两个人之间的距离仍然在一点点缩小。

"几个月以后，癌细胞就会转移到大脑，那时候就再也认不出关照过我的上司、这位年轻搭档、老婆的脸……还有你的样子了，我就死啦……"

不知不觉间，美代子用双手握住了栏杆。

"你没有什么想做的事吗？没有一个、任何一个、哪怕是微不足道的梦想或希望吗？……我啊，倒是有。我想把刑警这份工作一直干到自己走不动为止。在这段日子里，我要努力破案，哪怕能多解决一个案子，尽可能地防患于未然。如果有人站在生死的边界，我就要去帮助他。"

还有 1.5 米——

"我的警察生涯并不算成功。干到倒数第二的职位，失败也数不胜数，身上缺点不少，也不太中用了，最后的最后都没能干到退休……

这样没用、不足挂齿的警察生涯。不，正因为自己的人生是这么地微不足道，所以才会想能对别人有些帮助，哪怕一点也好。"

成败在此一举。木暮像风一样——虽然很想这样形容，但实际上却是向前一个趔趄，很逊的冲刺姿势。

不过，美代子并没有跳下去，她一动也没动。

那一瞬间她仿佛是在等待着木暮抓住她的手。

玲子也马上朝他们两个人跑了过去。

把手伸给美代子，和木暮二人合力帮她翻过了栅栏。

木暮紧紧地抱住了从栅栏上下来的美代子。

"谢谢……谢谢你没有离开。"

美代子说了声"对不起"，就哭了起来。

美代子被品川署暂时收容，她在审讯中坦白了事情的真相。

"第一学期期末考试之前，篠和惠把我叫了出去，问我喜不喜欢木下学长。我回答没感觉，然后她给了我三万日元，让我答应她即使木下表白也不要和他交往。我以前听说过篠和惠什么都用钱来解决，没想到真的是这样……"

美代子仿佛完全对木暮敞开了心扉。她滔滔不绝，甚至能从眼神中窥见出力量。

"不知道是不是自己不应该老实地听从了她的话，还是她和木下前辈发生了什么……自那以后，她就开始动不动找碴儿。把我的校服或者内衣藏起来，或者把我扔进游泳池里让我全身湿透……在我换衣服的时候偷拍……就连我身体不舒服、肚子疼，想要请假的时候，她也要借机发挥，不让我请假……"

美代子有好几次说着说着就哽咽了，这时木暮就会温和地问道："然后呢？"美代子就会点点头，然后接着说下去。

"……昨天也是这样，她说在游自由泳擦身而过的时候，她胳膊被我的指甲抓伤了……训练结束后，她让我下跪道歉。等我跪下后，知世就从后面踩着我的脑袋，让我再低一点，贴在地面上，于是额头就被蹭破了……我觉得篠和惠让我道歉倒是可以理解，但知世和我同一年级，又是同班同学，为什么要如此过分呢，她收了多少钱呢？想到这里……"

美代子放在膝盖上紧握着的拳头开始颤抖。

"好像一直以来积攒的怨气一下子就爆发了。我大叫一声猛地站了起来，然后突然就感觉知世好像骑在我的肩上……但这感觉仅仅维持了一瞬间，然后身上马上就变轻了，等我转过身的时候，发现知世已经掉到了栏杆的另一侧，我还来不及伸手拉住她，她就掉了下去……"

原来如此，那个指纹和掌纹就是当时知世这样用左手留下的。

木暮把玲子递过来的手帕拿给美代子。

"……谢、谢谢……但是，篠和惠马上就让我们都当作什么都没发生一样……她说会帮我隐瞒让知世坠楼的事，所以我也不要再提受到欺负的事，就此一笔勾销……还说如果我背叛她的话，就把我的裸照公布在网上……我实在是不知道该怎么办了……"

木暮面对着她，轻轻地拍了拍那瘦削的肩膀。

"谢谢你。我已经明白了……你一定很痛苦吧。从现在起，我会努力尽我所能，不再加深你的痛苦。所以……今天先回家，好好地休息一下吧。"

美代子点了点头，又再次鞠躬说着"对不起"。

"后来怎么样了？"

在向丘游乐园车站附近的日式甜品店里，景子吃着年糕小豆汤，而对带皮红豆馅不感冒的玲子吃的是矶边烧。

"嗯，唉，总之这个案子很特别。如果把栗原知世的坠落按照刑事犯罪处理的话，多田美代子犯的就是过失致死罪，不过她还是未成年人，当然无法追究刑事责任。而且篠和惠的恐吓也并没有索要钱财，反而还给了美代子钱……再加上美代子的父母也拼命地到处找关系，所以没有判她'保护观察'。只是判处警告，或者说是严重警告就了结了……"

玲子不仅不爱吃年糕小豆汤，也很少吃其他甜食。说起来，印象中木暮曾经因此说过她，在这一点上她也不像是个女孩子。

木暮是在这起事件的两年后去世的。比他当时预料的多活了一年。

"我告没告诉过你，我的老家在山行县？"

景子边说边把酱菜拿给玲子。她是个彻头彻尾的甜食派，吃甜食时绝对不会吃咸味的东西。玲子点点头，夹了一个。

"嗯，听你说过。"

"我弟弟夫妻俩人在那边开了个旅店。他们说会让我回去享享清福，如果我还想工作的话，酒店也有很多事情可以做，叫我回去……"

景子像是要转变这悲伤的气氛，点上了一根烟。

"说实话，我有些动心了。多亏了那个人，让我在这边生活无忧，但大概是年纪越来越大的缘故吧……最近还是会觉得有些寂寞。可是，刚刚听你这么一说，我觉得还是不能离开东京啊……"

"呼——"她用力地将烟吐了出来。红色的万宝路。听说直到木暮去世也没更换的香烟品牌。

"除了那个女孩之外，好像还有不少其他案子的当事人前来祭拜。这么一想，就越发觉得至少应该把墓地打扫得干干净净的，而且……他曾经拼命地守护东京这个城市，我总觉得，他现在也一定在那片蓝天之上守护着我。所以……还是不舍得离开啊。"

玲子点了点头表示同意。

"我也是，借着来这里扫墓，敦促自己不忘初心……"

但是，玲子同时觉得仅仅是为了守护这块墓地而留在东京，也的确有些残忍。

景子仰靠在椅背上，透过窗子仰望着蓝天。

"干脆把存款都取出来，开一家小酒馆什么的算了。"

这个主意好，玲子拍手称赞，并补充道：

"这样的话，除忌日以外的日子我也可以经常去看你了。"景子听后眼睛噙着泪水，开心地笑了。

过度正义

　　玲子走下台阶，令人烦躁的灼热阳光炙烤着车站前的环岛。

　　站前停着两辆出租车，大概是在等客人。还有一辆金属灰色的商务车，车前站着一位穿白T恤和短裤、刚刚步入老年的男人，看样子是来接家人的。他在等谁呢？是妻子，还是出嫁了的女儿和孙子们呢？

　　眼前的炎炎烈日，迫使玲子不由得停下了脚步。这时，一位装束优雅、看上去同样是刚迈入老年的女人从玲子身边走过。她略带羞涩地轻轻挥了挥手，站在商务车前的男人看到后打开了副驾位置的车门。

　　唉，真羡慕。玲子既没有到车站来接她的男人，也没有一起变老的男人。

　　埼玉县川越市南大塚。玲子并不住在这里，也不是在工作。而且，她也没有与别人约好在这里见面。她只是前往从车站步行二十分钟左右的川越少年监狱，所以当然不会有人来迎接了。一起变老的男人什么的，唉，还是先放一边吧……

玲子希望能见到一个男人，他也许会在某一天来到这个地方，哪怕是偶然，如果能在街上擦肩而过就好了。

从南大塚车站到川越少年监狱，主要有两条路线可以考虑。一条路线穿过小区和高级公寓林立的街道，另一条是从路过小松 ZENOAH 川越工厂门前的铁路沿线的马路走。这两条路线的差异在于一条先直走，而另一条要向右走。

玲子来过十次左右，终于确信如果是那个男人的话，有可能会沿着铁路走。

因为，如果在下午三点多这个时间段穿过住宅区的话，就难免会见到在小区公园内玩耍的孩子，或是骑自行车外出买东西的主妇的身影。那个男人想看到这些吗？一个失去了妻子，从某种意义上说连孩子也失去了的男人，愿意从这样的画面中走过吗？玲子认为他是不会的。

虽然走在铁路沿线的马路上，会因有厢式货车从身边提速超车的危险，但这条路上基本见不到人，所以对这个男人来说走起来会感觉轻松一些。

考虑到这方面的问题后，玲子就不再走穿过住宅区的那条路了。今天也是如此，她出站后先向右边走，穿过铁路沿线的马路，然后绕开了很大的工场走进了农田中。

玲子抬头望向辽阔的天空。那种清透的蓝色是大城市里所见不到的，美得令人屏住呼吸。第一次来到这里的时候，玲子觉得在这样的景色中，失足的青少年们应该能够洗心革面吧，但是马上她又想到，并非每天的天空都如这般美丽。

少年监狱与少年院不同。只有被判定为行为不是单纯的不良行为，而是等同于刑事犯罪的人才会被送进去。如伤害致死、杀人等人。里面的大多数青少年犯下的都是相当于成年人无期徒刑或者死刑的罪行。如果他们可以因为天空湛蓝就能洗心革面的话，那恐怕从一开始就不会走上犯罪的道路了吧。

玲子在没有人行道的下坡上走着，听身后粗暴的引擎声越来越近，她不由得躲到路边停了下来。为什么不多关注一下行人的感受呢？——虽然是这样想，但是估计对方也在念叨：能不能不要在这种地方走路。没错，在这种路上蹒跚而行的奇葩，目前就只有她自己。

她从包里拿出了矿泉水，如果再没有水的支撑的话，她是无法徒步走到川越少年监狱的。

玲子含了口水，又马上把瓶子收了起来。接着，她拿出手绢轻轻地擦了擦额头和鼻梁。脸上的妆容早已随着汗水一同脱落了。少年监狱里可没有供人补妆的地方。如此说来，是不是要返回车站后才能补妆了？但是，在这期间要是遇到那个男人的话该怎么办？算了，没关系，反正又不是要向他"求交往"。

走了十七八分钟后，在杂树丛的另一侧终于出现了住宅区的影子。那是法务省管辖的建筑空地内的员工宿舍。

从通道穿过居民区，沿着对面少年监狱高高的围墙向前走，在围墙转弯的右侧就是入口。

虽然接待室里有玲子认识的警卫，但出示身份证件是必不可少的。

"你好，我是警视厅的姬川。"

玲子给对方出示了警员证。

自平成十四年（2002 年）十月一日开始启用对折卡片夹式的警员

证，里面放有警员证和表明身份的徽章。玲子的警员证照片上方，写着"警部补"三个字。所属单位是刑事部搜查第一课杀人犯搜查第十系。玲子任杀人犯搜查第十系的第二班、人称"姬川班"的主任。

"辛苦了。"

一位中年接待员打开了入口的门，并帮玲子叫来了一名狱警。

玲子在略显昏暗的玄关处等了一两分钟后，一名也与她相识的狱警前来接待。

"这么热的天跑过来，辛苦了。"

玲子也点头打了个招呼，随即抛出了老问题。

"仓田修二先生是否……"

狱警露出悲伤的神情，缓慢地摇了摇头。

"没有，一次都没见过他。"

"这样啊，谢谢了。"

玲子郑重地鞠了一躬后，便转身离开了。狱警也不再多问，没有询问她要不要喝些冷饮什么的。因为他知道，迄今为止玲子来过九次了，从来不会接受此类的邀请。

再次走到炎炎烈日下，玲子又沿着围墙往回走。但是，她并没有穿过住宅区走向车站。而是沿着田地走到头左转，然后继续顺着围墙走。因为当地居民有好几次曾目击过那个男人是这样走的。玲子总是试着去模仿他的路线。

身边四米多高的混凝土墙垂直高耸着，给人带来和成年人监狱围墙的一样的压迫感。横向一直延伸至二三百米之外。

仅在一侧围墙的正中位置，修建了一扇乳白色的大门。玲子每次看到都会想，这扇门会在什么时候打开呢？但她并没有实际问过。估计是在建设施工的时候，供工人进出用的吧。

这时，从马路对面的田地里走出了一位中年女人，她手里好像拿着什么。玲子穿过马路，稍稍加快脚步去追赶她的背影。

那个女人在盖在道路旁的一户人家门前站住了，然后开始用水龙头的水洗着手里拿的东西。玲子在她的身后弯下腰打着招呼。

"您好——"

女人也并不觉得惊讶，转过头像是有些晃眼似的眯着眼睛看向玲子。她手里洗的是红薯。

"……有什么事吗？"

"冒昧地问一下，您见过一个沿着这个少年监狱围墙走的中年男人吗？"

玲子用手指来回指着围墙问道。

"嗯，是什么样子的男人呢？"

"他个子稍微比我矮一点，身材比较瘦。应该是一个人走到对面围墙的拐角处，之后再走回来。"

围墙顺着马路向前延伸，在前方建筑空地处拐个弯然后继续向前。玲子曾经打听到，那个男人没有进入建筑空地，而是沿着马路又走了回来。

而且，他还不止走了一次。玲子是从前面的另外一家农户的老奶奶那里听说的，据她说男人一个月要这样走上一两次。遗憾的是，那位老奶奶现在在县内的私立医院住院。已经不能替玲子承担监视围墙的工作了。

"不好意思，我不太清楚。"

女人停下洗红薯的双手，向玲子欠了欠身。

她不知道也不足为奇，毕竟很少有人整天眺望着这条只有卡车穿梭的道路。

"没关系，不好意思，打扰了。谢谢。"

玲子回到围墙边，沿着田地向车站走去。

可以感觉到太阳落下去了一点。走到树荫底下，会有凉爽的风拂过。知了用"此时不叫，更待何时"的架势鸣叫着。当卡车经过身边的时候，感觉好像有那么一瞬间停止了鸣叫，但在被卡车卷起的尘土落下之前，更大的叫声又再次包围了玲子。

对于在市区中出生长大，又去了东京做警察的玲子来说，虽然这里也属埼玉县，但风景却像在老电影中看到的那样充满了乡愁。

上大学之前，玲子一直上的是本地的学校。高二的夏天，玲子成为了某个案件的被害人。也因此，当警察成了她的梦想。更具体地说，她憧憬的是搜查一课的主任警部补这个职位。

玲子上的是东京四年制的女子大学。为了顺利地度过大学生活，她多少也参加了一些社团活动，但其余的时间都用在升职考试上。没错，玲子在成为警察之前就在东京都内的大书店里买了大量的考试习题集，为了早日当上巡查部长或警部补而进行升职考试的学习。

在她的努力下，二十七岁她就通过了警部补的考试，然后马上又被提拔到了本部搜查一课。此后已经过去三年了，她仿佛已经忘记了如何像同龄女性一样生活，但玲子却对现在的生活感到满足。除了整年在外风吹日晒皮肤变得黝黑之外，就没有什么不满意的地方了。

玲子走到原路线，返回到了铁道沿线的马路上。正好有三个男孩子像是刚下课的高中生，骑着自行车从玲子眼前横穿过去。

在此之前，除了洗红薯的女人之外，玲子谁也没有见到。怠速停在小松 ZENOAH 工厂大门口的卡车里当然是有司机的，但除此之外完全没有看到称得上是"人"的东西。果然，那个男人选择的大概就是这条路吧。玲子又再次思考了这个问题，然后加快脚步向南大塚站走去。

过了离车站最近的道口，绕过右手边的一个区域，玲子径直向车站南口走去。不断有主妇开始向着车站前的超市聚集，展现出了夏季傍晚应有的适度的热闹景象。

玲子沿着车站前环岛，走进了南口的屋檐下。她靠在往来于桥上检票口的升降式电梯一侧的墙壁边，又用矿泉水润了润嗓子。

看了看手表，正好四点半。再等三十分钟，玲子想，如果等到五点他还没有出现的话就回去吧。

就在此时，玲子窥见楼梯上一头用发胶整理过的黑发和一张稍微有些长的脸。然后出现的是穿旧了的深灰色西装，没有领带。身高不到一米七。很像是他，莫非……玲子心中满怀期待。

男人下楼梯的脚步并不轻快，渐渐清晰起来的容貌和玲子按照几张照片勾画出的形象一模一样。如果硬要说出哪里不同的话，那就是男人看起来皮肤更白，脸颊也要瘦一些，但如果回想一下男人这些年每一天都是怎样度过的，就可以体谅这些理所当然的变化了。他看起来比四十五岁这个实际年龄要老五六岁的样子，这是无可奈何的事。

还有五六级台阶，玲子已经确定是他了。没错，他正是仓田修二。

男人的视线朝向正前方，在快下完台阶的时候，向玲子的方向瞥了一眼。他并没有留意到什么，视线又暂且转回到车站前的环岛上。不过，男人像是马上产生了什么不好的感觉似的，停下了脚步。

他已经意识到了，站在这里的玲子是刑警。

"……您好，我是警视厅搜查一课的姬川。"

玲子一边自我介绍一边亮出了警员证。

男人比对着玲子的脸和警员证问道：

"有什么事吗？"

说这话时，男人的表情上看不出任何波澜。既没有动摇也没有恐惧，丝毫都没有流露出突然有人向他出示警员证的惊讶之情。

玲子也拼命地压抑住自己的兴奋。三个月以来，她利用自己仅有的休假和被称为"在厅"的出动待命的日子频繁地来到此处。如今，这些辛苦付出总算要有回报了，自己的喜悦之情决不能表露在脸上。

"我想问您几个问题。"

"我问的是，你有什么事？"

男人的声音并不粗暴，而是故意压得很低沉地嘟囔着。

玲子合上了证件说道：

"四个多月前，吾妻照夫和大场武志死了。关于他们的死，有些问题我想向您核实一下。"

男人一动不动地盯着玲子。

知了像是要打破这沉默一般又开始奋力地鸣叫了起来。

东京都监察医院。这里是处理介于他杀和自然死亡之间的，所有非自然死亡的特殊机关。玲子为数不多的"酒友"之一就在这里工作。

专业监察医师国奥定之助，一个接近退休年龄的丧妻男人，虽然容貌已经衰老，说他是位老年人也不为过，但连玲子自己都觉得不可思议，她很喜欢和国奥相处。

五月伊始，玲子利用"在厅日"来到大塚找国奥玩。国奥正在专职监察医师用的单间里整理文件，他把老花镜架在鼻尖上欢迎玲子的到来。

"哟，小姬，来得正好。"

"老师，您好……啊，之前的事多亏您帮忙，谢谢了。"

之前的事，指的是她拜托国奥帮忙提供触电尸体的一部分骸骨当样本的事。

"没事，举手之劳而已。这就到中午啦，去吃饭怎么样？你想吃什么？"

"寿司。"

两个人吃饭轮番请客，这已经成了惯例。这次轮到国奥请客了。

"为难一个即将退休的老头子不太好吧。上次我说吃中华料理，结果你还不是一顿拉面就把我打发了。"

"不是都说了吗，咱们不去绕远的地方。就金寿司好了，金寿司。"

金寿司是国奥经常光顾的一家大塚的高档寿司店。

两人出了监察医院，一同走在通往车站的路上。

"您好，欢迎光临……哦，是国奥老师和玲子小姐啊。"

拉开寿司店的推拉门，寿司店特有的湿冷空气使人心情舒畅。

"你好。大将，榻榻米的座位还有吗？"

大概因为已经过了午饭时间，店内一个客人也没有。

"国奥老师，不要坐在那边啦，今天坐吧台这里吧。"

大将用围裙擦了擦手，示意他们坐在自己面前的吧台座位上。

"难得吧台没人坐，咱们就坐那边吧，老师？"

玲子轻轻地拉了拉他的手腕。国奥十分开心地笑了。都说人类到最后留下的欲望是性欲，这个笑容正好印证了这句话。

"……好吧。反正也没有其他客人来了。"

"老师，您最近总爱说上一两句多余的话。"

落座吧台，首先品尝大将的推荐菜品作为餐前小菜。因为玲子和国奥都在上班，所以很遗憾不能用一杯冰生啤干杯，不过以他们两个人的交情，即便不"把酒"也可以"言欢"。

"嗯……啊，对了。说起来，六年前三个女高中生被软禁杀害的案子发生的时候，你是不是还没来搜查一课呢？"

玲子喝了一口乌龙茶点了点头。

"……嗯，六年前我应该还在品川署或者别的地方。被软禁杀害的案子是怎么回事啊？"

"就是那个啊，在最高法院被驳回上诉请求，因精神失常而判定无罪的那个吾妻照夫的案子啊。"

玲子并没有想出"那个"指的是哪个案子。

"不太清楚，这案子怎么了？"

"就在上个月，那个嫌犯吾妻照夫因交通事故身亡了。而且，之后没过多久……"

国奥用手括在嘴边靠向玲子，玲子也把耳朵凑了过去。

"……因强奸杀人被捕的十五岁的大场武志也死了。"

国奥把身体坐正。

"因食物中毒死亡，送到了我们这里。很令人惊讶吧。"

"呃。"

并不了解这两个案子的玲子，对国奥在惊讶什么毫无头绪。

"什么嘛，你这反应也太慢了吧。"

"我又不知道那两个案子。"

"不知道可说不过去，你可是举世无双的搜查一课的主任呀。"

玲子知道，在被这样说的时候，如果自己较真反驳的话是不成熟的表现。但其实略带孩子气，一一反驳的斗嘴方式是国奥和玲子之间默认的说话习惯。

"刑警就要把过去的案子都记在脑袋里，现在已经不是这种时代啦。这种事回到总部后用电脑里的数据库一查就知道了。过不了多久用手机也能查得到，一定能。"

"如果能把它们都装进脑袋里，背下来然后再如数家珍地说出来，你不觉得这样会更酷一些吗？"

"没觉得，我反而觉得用十指敲击键盘的样子比较酷。"

国奥用双手的两根食指戳击键盘。操作上倒是没什么问题，就是看上去有些滑稽。

"喊，看不起我们老年人。"

国奥的脸皱作一团，而后又重新振作起来了似的，开始讲述刚刚提到的两个案子。其间讲到十多岁就犯下罪行的大场武志时还转变为悄悄话模式。

吾妻照夫，享年二十八岁，在杉并区桃井环线八号公路上被轿车撞倒，四月二日死亡。六年前，他接连诱骗三名高中女生，将她们软禁十天至两个星期不等，并在此期间内不断实施暴行，最终将她们残忍地杀害。庭审中，精神鉴定的结果是诊断他在犯罪时处在精神失常的状态，最终宣判无罪。

大场武志，享年二十岁。四月十三日，遗体在江户川区筱崎町自己家附近的儿童公园内被发现。死因是药物中毒导致的休克死亡。他在五年前强奸并杀害了同中学的一名女学生。第二个月又强奸了其他学校的三名女学生，并将一人杀害。因犯罪时仅十五岁，最终只服了一年多的不定期徒刑就被释放了。

"……唉，这要是上天的惩罚的话，我倒是觉得他们死了挺好。大将，来碗酱汤。"

"咦，您不是敬佛不信神主义的吗。大将，也给我来一碗酱汤。"

"好嘞，酱汤两碗——"

国奥夹起了一片糖醋姜片放进嘴里。

"……没错。所以嘛，同样犯下轰动社会的罪行、同样受到法律优待的两个人，又再次以同样的既非自然死亡也非他杀的状态死去。这就让人不得不思考，如果这不是上天的惩罚的话，那到底是什么在审判他们呢。"

玲子把剩下的一个渍物寿司卷放进嘴里。

"不过是偶然而已吧？这种事也是有可能发生的。我们分片的警察署会判断这种偶然与犯罪无关，想必您那里也是这样的吧。还是说，您发现了什么可疑点？"

"没有，并没有什么可疑之处，只是凭感觉……嗯。总感觉这两个案子中存在着某个人的一种动机。"

"什么嘛，这话可不太像是您说出来的。"

虽然嘴上这样讲，但国奥的话却异常牵动着玲子的心。

某个人的动机，代为制裁法律没能制裁的犯罪者的动机。

怎么可能呢，又不是在拍历史剧——玲子这样想着，但又马上改变了想法：这种事真的可以视为荒谬而一笑置之吗？

玲子心里想，如果自己是被害人亲属的话会怎样做呢。当一个可以帮忙杀人的杀手出现在眼前时，可能无法断言自己是绝对不会委托他去杀人的。或者，反之假如自己是受到委托的杀手呢，在任何情况下都会百分之百地回绝这样的委托吗。

身为刑警的自己，有没有可能杀人呢？这种事想都不用想，肯定是有可能的。

虽然这个例子很俗气，但联系到金钱上面就比较好理解了。也许给个几百万你不愿意帮别人杀人，但若是给你一个亿呢？给你十亿又会怎么样？并且在保证事情不会暴露的情况下，你会如何选择？说到底，杀人的正当理由是为了正义。虽然有些偏激，但正义无罪。既然如此，那就先考虑一下再说吧——既然愿意考虑，那就说明依据对方给出的条件还是有可能同意的——连自己这个搜查一课的主任居然都会这样想。

但是，有个实际问题就是被害人亲属到底有没有途径能接触到这种受人委托的杀手。反之，如果是杀手自己找上门来了呢？不过考虑到有可能会被拒绝，由自己主动向被害人亲属提出的风险有些太大了，杀手应该不会这样做的——

让代理杀人相继发生的条件是什么？和国奥分开之后，玲子依旧呆呆地思考着这些问题。

当天晚上，玲子接到高井户署的出警请求，来到了堀之内一丁目的抢劫杀人事件现场。

警车警报器的红色灯光晃来晃去，像是在舔舐着住宅街道一样。看到灯光后，玲子从出租车上下来，从手提包里拿出了"搜一"的袖标，戴在左胳膊上。她来到"禁止入内"的封锁胶带前，出示了自己的警员证件。

"我是搜查一课的姬川。"

"啊……您、您辛苦了。"

负责肃清现场工作的制服巡查的脸上流露出紧张的神情，这是因为主任警部补是个女人呢，还是因为玲子是个美女呢？这种情况下，玲子通常都倾向于后者，这样想总能令她心情舒畅。

"请进——"

玲子俯身绕过对方帮忙抬起的胶带。这次的案发现场似乎在一栋木制二层公寓的一层。

"主任，您来了。"

同组的部下菊田和男巡查部长从蓝色防水布遮住的窗户里露出了脸。

"怎么，可以进去了吗？"

即便是身为搜查一课的刑警，在鉴定课没理出头绪之前是不能进入现场的。

"嗯，可以了。"

玲子绕到玄关，把高跟鞋套上塑料鞋套，朝着案发现场的房间走去。房间里有同组经验丰富的石仓保巡查部长、新人叶山则之巡查长，和四名机动搜查队员。一名玲子的部下还没有到。

"康平呢？"玲子问的是汤田康平巡查长。

"已经通知他了，还没有到。"菊田回答。

玲子快速扫了一眼，整间屋子被毁得乱七八糟的。鉴定课职员向她汇报道："纯粹是小偷被发现后杀人灭口吧。死因是心脏被刺。凶器是小刀状的利器。犯人至少有两名同伙。我们推测犯人打破玻璃进入室内，而死者回来正好遇到正在实施盗窃的犯人。大概是在厨房水槽那边碰面的吧，然后死者就遇害了。"

鉴定课职员指着倒在榻榻米上的七十多岁男性遗体手中的多功能厨房刀继续说道："死者迅速进行了反抗。从现场的血迹来看，我们推测犯人很可能受伤了。犯罪手法上，和盗窃团伙很相似，但从找东西的顺序来看倒不像是专业人士。很明显，抽屉是从上面依次打开的。如果是惯犯的话，从下面开始打开是他们的铁律吧。"

是的，假设从上面开始打开抽屉，如果不把上面的抽屉关上的话，下面的是打不开的。

"好的，我知道了。菊田，咱们开始周边调查吧。"

"好。"

系长今泉警部好像来不了了，所以由玲子担任指挥给大家指派初次行动的任务。首先是周边调查，将案发现场的周边划分为十个左右的区域，进行地毯式的探听取证。

玲子从封锁带内走了出来，召集了分散在周围的该地区管辖内的搜查人员。

"集合——！"

在姬川班中，发号施令是菊田巡查部长的任务。为什么呢？这是因为玲子的声音不够洪亮，若是用力过猛声音反而没有了震慑力。

姬川班和机动搜查队的警视厅总部组站在前排，高井户署刑组课（刑事组织犯罪对策课）的刑警站在后面一排。由总部和该辖区各派一人组成一个两人小组进行搜查。玲子按照地方警署提供的地图对刑警们负责的地区进行了划分。

"菊田，一的七到九。""是！"

"石仓，一的十到十五。""是。"

"叶山你负责小学里面和周边。""好的。"

玲子给四名机动搜查队员划分了负责区域后，也与该辖区的刑警一起出去取证了。

玲子给自己定的负责区域，是环形七号线和方南大街相交会的方南十字路口附近。假设犯人是乘车逃走的，那么很有可能会出现在这里或者是对面的西永福十字路口。当信号灯是绿色的时候，犯人可以直接通过，但如果遇到了红灯又会怎么样呢？有可能他会闯过去吧。在这种情况下，如果发生事故问题就简单了，就算没有事故犯人飞车驶过应该也会引起行人的注意。因此在这一带取证是很有必要的。顺便一提，对面的西永福十字路口由机动搜查队队员古田巡查部长负责。

玲子到了方南十字路口后发现，其实临近深夜时分，这里并没有她想象中那么热闹。因为往常在这里晃悠的闲人们都早已赶赴案发现场看热闹去了。是的，从案发现场到这里稍微有些距离。

通常来说，负责调查取证的区域距离案发现场越近信息量就越大。之所以这次玲子主动负责较远的区域，是因为她把近处交给了菊田巡查部长，希望他能借此立下些功劳。

但从结果上看，自己抽到的下下签反而奏效了。玲子获得了情报，在十字路口一角营业到深夜的一家药店里，案件发生后不久就有一个年轻人带着两个人买了绷带、杀菌药和大号创口贴。

"摄像头拍摄下来了吗？"

"嗯，当然拍了。"

这段录像成了决定性的证据，致使这起抢劫杀人案件在案发后的第三天就得以确定嫌疑人的身份，从而迅速解决。顺便一提，犯罪团伙有三个人，都是未成年的日本人。

喊，原来是小屁孩们干的——这是玲子对这一事件的真实感想。这些家伙就算被抓起来坐牢，肯定也根本不知反省然后就又大摇大摆地出来了。这样一想，就不由得对少年法这一恶法的存在感到十分愤怒。

这一想法很容易就和国奥的那番话联系了起来。曾经犯下罪行的吾妻照夫和大场武志受到少年法或刑法第三十九条的庇护而免于惩罚，最近都在未满他杀条件的情况下死去了。

这让人不由得陷入沉思——如果这不是上天的制裁，那到底是什么在制裁他们呢？

玲子决定，过几天回本部处理堀之内抢劫杀人案相关文件的时候，顺便查一查那两个案子。她向警视厅六层——同属搜查一课的恶性犯罪搜查第二系提交了阅览资料的请求。

"资料都能堆成一座大山了，要是全找来量可真不少呢。"

堀内虽然和玲子是同期，但已经是巡查长了。他说着脸上皱成了一团。

"啊，没关系，看个概要就行了。"

即便如此，递交到玲子手中的黑色封面文件中，仅吾妻事件就有四册，和大场事件合在一起一共有七册。

玲子把资料拿回自己的座位上，哗哗地开始翻阅起来。事件的大致情况基本与国奥告诉她的内容无异。诱拐、监禁、杀害三名女高中生，后因精神失常被判无罪的吾妻照夫。强奸四名女中学生，并将其中两人杀害，一年监禁刑满后出狱的大场武志。

玲子比对着两个案件的资料，希望能从中发现把它们联结在一起的共通点。但是，这两个案子的犯罪手法、动机、发生的地点、法院判决都毫无相同之处。要硬说有何相似之处的话，那就是两个犯人的量刑都比较轻。玲子只找到了这样的共通点。

然后还有一点就是负责两个案件的搜查总部的刑警名单中同样的名字有两个。也就是说，只有两名刑警分别都参与了这两个案件。

一位是春山弘和。等级位于玲子下一级别的巡查部长。在吾妻事件中是三系的刑警，而大场事件时被调到九系参与搜查工作。年龄在四十岁左右，目前仍旧从属于九组。这位刑警对待身为女性警部补的玲子，总是习惯性地抱有厌恶之情，理所当然地采取表面恭敬实则轻蔑的态度，对玲子来说就是个无关紧要的人。

另一位是仓田修二警部补。在吾妻事件中，他身为杉并区荻洼署刑事课的恶性犯罪搜查组组长，而大场事件中的他，当时是以搜查一课的九系主任的身份进入搜查本部的。

可是，仓田修二——

玲子对这个名字并没有印象。这也就是说，他是在玲子进入搜查一课之前被调走，后来就没有回到搜查一课的警部补。或者说他是因为某种原因离职了吗？

没办法，虽然有些麻烦，但好像也只能去找那个男人打听一下了。

玲子利用紧接着的休息日来到了位于世田谷区的玉川警察署。这是为了见到女高中生遇害致死事件时进入搜查总部的春山。

清晨七点五十分，在侦查员们还尚未集合的会议室的中央，春山在桌上摊开报纸，边看边吃着饭团。

"早上好，春山巡查部长。"

春山笑着回过头，在发现打招呼的人是玲子的一瞬间忽然皱起了眉头。

"……真少见，居然能在如此偏僻的地方（搜查总部）见到搜查一课首屈一指的美人警部补，这吹的是什么风啊？"

注，现在搜查一课的女性警部补只有玲子一个人。

"打扰你吃饭了，抱歉。我有点事情想问你，可以吗？"

玲子不容分说地坐在了身前的折叠椅上。

"这是我的荣幸。"

话虽如此，但春山既没有放下手里的饭团，也没把报纸合上。

"那我就开门见山了，你是否还记得六年前诱拐杀害女高中生案件的犯人吾妻照夫和五年前强奸杀害女中学生的犯人大场武志？"

"……什么？"

春山露出了一副意料之内的惊讶表情。

"你知道吾妻照夫和大场武志已经死了吗？"

"不知道，这还是第一次听说，是真的吗？"

"这两个案子你都参与过调查吧？"

"是的，的确是。"

"你对此怎么看？"

春山又露出了一副意料之中的困惑表情。

"怎么看？你突然这么问，我也不说不上来了……"

玲子对两个人的死亡情况进行了说明。

"……监察医师和当地警署都判断不是刑事案件。你怎么看，有没有什么头绪？"

春山略带嘲讽地哼了一声。

"的确那两个人的刑罚太轻了。我虽然也这样认为，但并不能因此就推断出什么——死都死了呀。据你刚才所讲的，我认为情况和死因都没有共通之处，主任您是在怀疑这其中有什么隐情吗？"

不行，可以看出这个男人从心底对这件案子就没什么兴趣。询问他的意见只是在浪费时间而已。"我知道了，还有另外一点，你还记得你和仓田警部补都参与了这两件案子的调查吗？"

春山把剩下的饭团塞进嘴里，喝了口瓶装茶饮料。

"……是吗？"

"在吾妻事件中他是荻洼分局的恶性犯罪搜查系系长，在大场事件中他作为九系一班的主任参与了搜查工作。"

"啊，好像有这么个人。大场的时候的确我们在一起工作过，不过吾妻的时候……我没什么印象了。当初参与的人那么多……"

这个男人果然没什么用。

"好吧，那么我换个问题，仓田是个什么样的人？"

"什么样的……应该算是个聪明人吧。而且特别有正义感，很值得人尊敬。"

也就是说，仓田比这位春山更令人有所期待。

"三年半以前，他从警视厅离职了，自那之后你们有过联系吗？"

突然，春山的脸色暗了下来。

"……没有。"

"我想见见他，你能帮我联系他吗？"

"这个嘛……"

他的回答越来越迟疑，这样一来，按照刑警的习惯就会忽然很想让他继续说下去。

"春山，仓田为什么离开警视厅？我没有调查出其中的缘由，你应该知道他离开的原因吧？你当初可是和他同一系的下属。"

虽然春山面无表情，但很明显地可以看出他的犹豫不定。刑警这种生物虽然在盘问上面是专家，但也许在装傻方面还是门外汉。

"呃……"

"没法说？为什么没法说呢？"

他没有马上回答。但连春山自己也应该知道不可能一直装傻下去。毕竟玲子是警部补，而春山是巡查部长。虽然不是直属上下级关系，但玲子位列春山之上是个严肃的事实。

终于，春山像是下定决心似的点了点头说道：

"……其实是仓田的儿子杀了人。所以，他才辞职了。"

一种像刺一样的东西突然刺中了玲子的心。

有情况。这种疼痛感，是玲子想要解开案件真相时的信号，是自己发送给自己的极其重要的暗示。

步行是仓田提出的。

果然，他选择了铁路沿线的马路前行。玲子一边追随着他的背影，一边讲述了自己在南大塚找寻他的经过。

仓田的头轻轻地上下晃动着。

"……也就是说，吾妻和大场的死像是受到了天诛一样。而我与两个案件都有关联，我的儿子又杀了人。所以你对此产生了兴趣，想问个究竟是吧。"

这样简单地概括起来，让玲子感觉有些不好意思。

"呃……大体上正如您所说。"

仓田颇感无聊地用鼻子哼笑道：

"最近搜查一课还真是很闲啊。"

"不，还是很忙碌。所以每次过来都是用休假或待命的时间。"

"……今天不是你第一次过来了啊？"

"对，这已经是第十次了。"

仓田吃惊地摇了摇头。

"那可费了不少力气啊。"

玲子自己点点头说道：

"是啊，我也这样认为。"

西武新宿线的电车疾驰而过，随后不知从何处响起了蝉鸣声。

"那么，你说说看吧，为什么觉得是我杀了那两个人？"

玲子集中精神，试着做了一个深呼吸，却像喝开水似的被热气噎住了。此时的自己离冷静还有些距离。

"……好的。起初我也不过是在找，到底是什么事情联结着这两桩案件。当时只是漠然地认为如果是某个人对这两个人下手的话，那大概是出于过度的正义感吧。但当得知你的儿子犯了罪，然后又了解其中的原委后，我就一下子明白了：我意识中的过度正义，一半是对的，一半是错的。"

仓田的儿子英树，在十八岁的时候因交往的女高中生向其提出分手而怀恨在心，几天后将女生杀害。由于其行为有计划且残忍，东京地方法院判处他五年以上十年以下的不定期有期徒刑。即使假释出狱也需要两年半的时间，这在少年犯罪中已经是相当重的量刑了。

而且，这一事件并未就此结束。

"……在你辞去警察职位后，受害人的父亲闯入你家，杀害了你的妻子对吧？"

蝉鸣声仿佛像烟尘一般环绕在走在前方的仓田的背影周围。

"嗯，受害人的父亲是无期徒刑。不过还处在二审争论的阶段。"

"那次审判你一次都没有旁听过。连检察官让你出庭做证的请求你也拒绝了，这是为什么呢？"

来去不明的身影从两个人的身边穿梭而过。

"为什么啊，你觉得呢？"

怠速中的卡车。工厂的大门。视线随着氤氲的热气起伏晃动。

"当然，我想你并没有原谅杀害你妻子的男人。但你是不是又觉得自己没有追究这份罪责的资格呢？"

仓田没有回答。

"……恰巧你参与过有着相似案情的大场事件、与精神鉴定有关的吾妻事件等诸多刑事案件的调查。相信你比任何人都切身地体会被害人遗属的痛苦。没想到你自己也因为失去了妻子而成为被害人遗属。换句话说，站在加害者的父亲还是被害人遗属立场的问题上，你应该是选择了后者吧。"

"就算是这样。"

仓田停下脚步，第一次用强硬的口吻说道：

"……就算是这样，我杀害吾妻和大场的理由是什么呢？"

玲子对着仓田的背影回答：

"这是因为你已经无法回头了。也可以换句话说是你下定了决心……的确当时大家都判断这两个人的横死并不是刑事案件。怎样在杀人后避免上升为刑事案件，能伪装成横死而告终呢——如果是之前当过刑警的人，应该可以想出一两种方法来解决这个问题……比如说，为避免出现瘀血而用整个胳膊勒住颈动脉使人气绝身亡，然后只需扔在马路上就可以伪装成因交通事故死亡。或者是静脉注射超过致死剂量的兴奋剂，就会导致人中毒身亡……你并不是单纯地为了正义才杀害了吾妻和大场。虽然不能说完全没有正义的一面，但其实更主要的是你是为了逼迫自己才将他们杀害的。"

"我在逼迫自己？这是为什么呢？"

玲子感觉蝉鸣声仿佛戛然而止了。

"……为了用你自己的手惩罚英树。就像是惩罚吾妻和大场一样。"

玲子的大脑中像是无数只苍蝇组成的旋涡正在盘旋着，她已经感知不到外界的任何骚动，一切的噪声都响彻其中，近乎疯狂。

"你为什么这么想？"

只有仓田的声音悄然响起。

"一开始我也并不是这样想的。来到这边以后，随着过来次数的增加，慢慢地就想到了这一点……虽然你来到这里无数次了，但却没见过英树一面。不与他见面，只是一个劲儿地在围墙外面走来走去。这是因为只要你见了他，哪怕只是一面，也会不由得原谅他吧？见面后一旦发现英树内心有改过自新的征兆，自己亲手惩罚他的决心就会有所松动对吧？"

深灰色的背影在马路上向左拐去。不知不觉间，已经来到了能看到杂树丛对面住宅区的地方。

"你是那种容易被同事孤立的人吧？"

玲子脖颈上的汗忽然让她感觉到凉飕飕的，不太舒服。本来是自己在窥视对方，结果反而被对方从同一个窟窿中窥视了。玲子从而产生了一种近乎焦躁的不快感。

"……是的。不仅仅是同事，上下级中树敌也很多。"

"看出来了，如果我和你是同一时期的同事的话，大概也会觉得你很碍眼吧。对这种无凭无据的事仅凭着自己的猜测揣度就妄自行动……只要你猜错了，就只能沦为他人的笑柄；就算猜对了又能怎样呢？"

仓田转过身来，嘴角隐约浮现出一丝笑意。

"……人一旦有了空闲，就总要想一些不好的事。"

他说着开始往回走，又向着少年监狱的方向走去。

"辞职后的我就是这样。儿子从家庭法庭被送回检察机关，妻子遭到报复被杀害了。我自己待在空无一人的家中很痛苦。家人的余温让我难以承受……"

仓田像是要摆脱记忆似的摇了摇头。

"但是，我也没有其他地方可去了。不知道怎么打发闲暇的时间。因为一直以来自己过的都是刑警的生活吧……最终，我开始模仿起刑警的行动，虽然自己也觉得很可笑。

"后来，我试着追查吾妻的行踪。没想到他竟然已经在镇子的工厂里踏实地工作起来了。这个男人在精神鉴定中两次都侥幸被诊断为精神失常，却能在铁板上打着孔。而且还是很有耐心地、准确地操作，有时还会面带笑容地和同伴聊上几句。

"一种可怕的疑虑涌上了我的心头——精神鉴定时的那些表现，是不是都是他故意演出来的呢。在走访了很多地方后，我发现了一个很重要的信息。这家伙在案件暴露后到被逮捕之前的八个月中，特意跑到邻区的图书馆，学习了精神疾病的内容……他是在装病。这家伙用演技闯过了司法精神鉴定这一关。"

玲子看出他旧西服的肘部位置绷着劲儿，想象着他放在兜里的拳头会像石头一样坚硬。

"我还陆续追查了几宗当刑警时负责过的案子的后续情况。当然，脱胎换骨重新做人的人还是有的。但基本上都处在接近、却还没到犯罪的状态。很多人虽然没到和警察打交道的地步，但本质上并没有什么改变。

"大场就是这样。那家伙表面的行为像是改过自新了，但其实并没有。他每晚都侵犯自己的亲妹妹。而且他的父母明明知道，却装作视而不见……很可怕吧？虽然是亲生儿子，但再怎么说也是杀过两个人的杀人犯啊。

"……反正，事情的缘由就是这个样子，不过我就不说自己是怎么处理那两个人的了。如果你从现在起开始调查，拿出一些蹩脚的证据来也无所谓。我只想告诉你一句话，事情并不像你想的那样简单。"

他们走在少年监狱高高的围墙的旁边。西边的炙热阳光熏烤着两个人的右肩。玲子不由得用拿着手帕的手搭起了凉棚。

"也就是说，你杀害这两个人说到底都是基于正义……"

仓田清了清嗓子，瘦削的后背有着些许起伏。

"正义？别说傻话了。杀人还有什么正义不正义的？！有的只是选择。只是选择是否采取杀人这种方式而已。"

"选择？"

走到奶白色大门前面时，仓田站住了。

"其实，一个人的杀人原因和想要杀人的情绪完全是两回事。这世上不存在任何值得我们杀人的理由。反而言之，人会因为任何微不足道的理由而杀人。杀人与否，只是出于选择的机会罢了。

"比如，说到吾妻和大场，也许还有其他可以改变这两个人状况的方法，但是我选择了杀掉他们。就是这个意思。

"英树也是如此。这世上随处可见恋爱中有人被甩。但他选择了杀掉对方……人的死亡，只能用命来赎罪。借了人家的钱，连本带利一起奉还这是礼节问题。但是掠夺的如果是生命的话，就不能这样偿还了。所以怎么也得还给人家本金吧，就得用自己的命来还。

"我作为父亲，本来一直就打算这样教育他，想让他明白这点事情。但实际上，就连这么简单的问题也没能让儿子搞清楚。于是就发生了这种案子。既然如此，那么我应该采取的方式就只有一种了。"

仓田凝视着大门，像是要透过大门看一看在门那边的儿子一样。

"你是打算无论如何也要用自己的手来惩罚英树吗？"

仓田重新转身面向玲子，像是给自己止渴一样地舔了舔嘴唇说道：

"之所以不见儿子，正如你说的那样，是因为害怕自己的决心会动摇。但是，我想用自己的双手来惩罚英树，并不是出于想向遗属表示歉意之类的原因……人啊，一旦杀过一次人就废了。我弄脏自己的双手后，充分明白了这一点。虽然无法断定再次杀人的可能性是否比普通人要高，但膨胀起来的杀意确实残留在了心中。杀人会成为一个很重要的选项，一直持续占据在灵魂之中。我不能把这种内心藏着个炸弹的儿子放出来，放到这个世上。这是我作为一名前任刑警最后的理智。"

玲子没有想到他竟说出了这么多心里话。但是，无论他说些什么，玲子心中的印象不会有任何改变。

失去了儿子和妻子的仓田。杀害吾妻和大场，并借着这些经验想要再次挑战英树的仓田。其实，在他的内心一直残存至今的，不就是多年身为刑警的他心中所保持的正义感吗？这份过度的正义感将矛头指向了自己的儿子，终于最后——

"仓田先生，我并没有信心给吾妻和大场的案子立案。但是我想要保护英树。"

卡车载着堆积成山的啤酒箱，从两个人的身边开过。玲子对现实时间的流逝产生了一种不可思议的安心感。

"……这是在向我宣战？"

玲子点了点头。

"是的，我好像能理解你说的杀人是一种迫不得已的选择。但是杀意并不仅仅是对杀过人的人来说才是危险的。每个人的心中都可能会有杀意，我也有。但是，大多数人不都是压抑着内心的杀意活着吗？至少我是这样的……就连我也认为杀人犯这些人渣抓住了就应该马上杀掉。在这一层面上，我并不想否定你做的事。正因如此，我反而想继续做刑警，以刑警的身份去找寻和你不一样的结论。"

仓田一言不发。他眺望着马路对面的田地，从兜里拿出皱皱巴巴的烟盒。把里面的最后一支烟衔在嘴里，然后捏扁了盒子。

"英树由我来保护。保护英树的同时，我也想保护你。这是我这个现役刑警的理智。"

仓田深深地吐出了一口烟。没说出来的话，仿佛就在这紫色烟雾中飘散了。玲子心想，要是他的决心也能变弱一些就好了，但估计这个想法有些过于乐观了。

终于，仓田像咽下了什么似的点了点头。

"……是吗，那就来吧。英树预计下个月，也就是九月十日假释出狱。你可以从搜查一课主任繁忙的工作中抽一点时间，如果你保护得了他的话。"

这时玲子书包口袋里的手机振动了起来。取出一看，屏幕上显示着"系长直播"。

仓田在玲子的旁边慢慢地走着。在分别之际，玲子看他做了个"再见"或是"回头见"的口形。

　　"我是今泉。中野发生了暴力团伙开枪事件。有三名伤者，其中一名已经死亡。所属辖区是中野署。组对（组织犯罪对策部）四课的三个人已经过去了。你现在在哪里？"

　　不好，玲子对埼玉的印象不太好。

　　"啊，那个……我在大塚。"

　　一边说着，玲子像是在追赶仓田一样地开始跑了起来。

　　"这样啊，那四十分钟之内你就应该能赶到了吧。"

　　这是绝对不可能的，肯定需要一个半小时的时间。不过，她还是说：

　　"可以。"

　　总之，先这么告诉他。迟到的借口等到了电车里再想也不迟。

　　"那就好，马上过来吧。"

　　"知道了。"

　　收起电话后，玲子追上了仓田拍了拍他的肩膀说了句："我先走了"。

　　"……小心点。"

　　在他还是刑警的时候，大概就是这样对同伴们打招呼的吧。

　　"谢啦。"

　　玲子把手举高向后挥了挥。为了能马上打到路过的出租车，她过马路走到了田野这一侧。如果能缩短路程时间的话，她甚至想从田地里穿过去。

玲子看到从住宅区那边开过来了一辆橙色的出租车。于是，她走到车道上跳跃着挥动起双手来。

玲子的手同时也挥向了仓田。他自然不会挥手回应，不过玲子看到了他轻轻地点了点头。

夏日的傍晚，同样的蝉鸣声充斥在少年监狱、仓田与玲子的耳朵里。在玲子坐上的出租车出发后，那种近乎疯狂之感仿佛依然执拗地追逐着她。

别用右手捶墙

　　对警视厅搜查一课的主任姬川玲子来说，东京都监察医院这个地方具有双重意义。这里首先自然是一个辨别介于自然死亡和他杀之间的一切非正常死亡的机关。而令一层意义在于这里是自己的酒友监察医师国奥定之助工作的地方。

　　通常情况下，这二者之间并没有交点。玲子很少会在因公去法医医院的时候找国奥问些什么。

　　这是因为当案件一旦由搜查一课接手，就肯定已经被认定是杀人案件了。案件死者的死因已经有了结论，不是自然死亡、事故死亡和自杀，而是他杀。他杀遗体将由大学的法医学者进行解剖，并不属于监察医师负责的范畴。

　　但是，这次的情形好像有些不同。

　　这一天，玲子利用被称为"在厅"的待命出动的日子，走访了新宿区的牛込署。曾经负责的一个案子尚未解决，她有些在意后续的进展情况。询问过负责该案件的刑警后，收到了搜查一课十系的系长今泉警部的联系。原来是国奥直接打来电话，说让玲子尽快到监察医院来。

"……具体情况我也不清楚，不过难得被点名一次。姬川，你快过去吧。"

今早的这个时间段，七系二班、五系一班和三系都在警视厅本部。本来玲子还觉得且轮不到她率领的十系二班出动呢。

"知道了，四十分钟之内就到。"

"下次我再过来。"玲子鞠躬后离开了牛込署刑组课。

她一边下楼梯一边琢磨着怎样能够最快到达监察医院。从神乐坂站下车比较快吧。不对，还是从最近的牛込神乐坂站坐到本乡三丁目站，然后换乘丸之内线到新大塚是最快的路线。从新大塚站出发走三分钟就到监察医院了。

不过话说回来，为什么国奥会直接给今泉系长打电话呢？非自然死亡的死因如果被判定为行政解剖的结果为他杀的话，通常都是由案发现场所属地的警署联络本部，然后再把讯息下达到搜查一课。但这次国奥却省去了这些程序，直接联系了十系。

这也就是说，这个案子非比寻常吧。

玲子一边在人行道上走着，一边联系着四位下属。老资格的石仓巡查部长正在埼玉走访以前负责的一桩案件的被害人的家；年轻的汤田巡查长和叶山巡查长正在本部为了晋升考试而学习。目前能马上到新大塚来的，好似只有在池袋走访相熟当铺的菊田巡查部长了。

"你马上过来吧，就隔一站地对吧？"

"过去倒是可以，不过为什么又要去监察医院啊？"

"不知道，系长也只是说让咱们先过去再说。"

三十五分钟后，玲子到了监察医院。不知为何比她早到的菊田并没有进去，而是弓着背在医院门口抽着烟。

"到了怎么不先进去，很冷吧？"

停车场的角落里，还残留着少许上周下过的雪。

"总觉得有点犯怵。"

"……对这里吗？"

"不，是对那位大爷。"

玲子可以理解。国奥虽然年近退休，但却是个一脸严肃地想要追求刚过三十岁的玲子的怪老头儿。再加上他已经很明显地把菊田视为情敌了。

"嗯，国奥老师也对你不太感冒呢。"

"是吗？为什么啊？"

"不知道——"

顺便说一下，菊田三十三岁，体格强壮健硕，和玲子年纪差不多也比较聊得来，因此玲子不知不觉中有很多事都会依靠他。

"主任，等等我——"

玲子带着菊田走过正门的大堂，随即走上了左侧的楼梯，从二楼专职监察医师的个人办公室门口往里看，发现国奥正坐在往常坐的窗边桌子的位置。

"喂——"

通常下一句会接着叫玲子"小姬"，但今天他却抬了抬眼镜皱着眉说道:"什么嘛,壮男也来了"。

"壮、壮男……"

应该是"和男"才对。

"你好。今天好像不是找我来约会的吧,不是有工作上的事要谈吗?"

玲子脱掉外套,在会客沙发上坐了下来。脸上皱成一团的菊田坐在了她的旁边。国奥貌似不高兴地嘴里嘀咕着,坐到了他们的对面。

"……说起来倒是工作上的事。就是你们那个案子,有一点还不太清楚。"

"长话短说吧,老师。"

国奥叹了一口气,显得比平时更加苍老了。既然他即将退休,那么应该是五十多岁,可仅从外表来看几乎得有七十多岁了。

"嗯,事情的起因是神奈川县的川崎署管辖地区内有一名突然死去的三十多岁的男子,验尸结果是因疾病死亡,急性肝炎导致的……不过问题出在,从他的尸体中检查出了违禁药品。是一种兴奋剂。"

"哈!肝炎携带者在嗑药吗?"

壮男请闭嘴,国奥嘀咕了一句。

"总之,死因是急性肝炎,并不是中毒死亡。但是,值得怀疑的是其中的过程,如果假设这急性肝炎是新型的违禁药品所引起的,那不是很可怕的事吗?"

"也就是说,服用这个药物之后,有可能急性肝炎会比毒性发作的早,最终表现的是因急性肝炎而死亡?"

"简单来说就是这个意思。不过,这只是一种推测而已,才接到福祉保健局的通知,提示如果出现这样的病例要特别注意……结果就来了，这一次还偏偏是在东京都内。"

玲子倒吸了一口气。

"……什么时候的事？"

"昨天夜里，十一点多我被叫了出去。"

"果然还是，急性肝炎……"

"嗯，体内有一种叫非洛漭的兴奋剂。"

"哪个警署？"

"泷野川。生活安全课正在调查相关人员，怎么样？你要不要牵个头和川崎那边一起调查，我帮你打个招呼。"

然而并没有这个必要了。

三天后，此次是在杉并署的管辖范围内出现了同样的死者。

不同以往的是，此次事件是以从一课的刑警那里掠取情报的方式公之于众的，从而成为了调查的对象。考虑到调查的广泛性，搜查总部被安排在警视厅总部，参与的部门有泷野川警署的生活安全课和刑组课恶性犯罪搜查系、杉并警署的同课同系、总部派来的十系姬川班和三系一班。顺便一提，玲子并没有联系川崎警署，因为警视厅和神奈川县警署水火不容。

"起立，敬礼——"

首次搜查会议在总部大楼六层的大会议室举行。会议中报告的案件概要如下：

一月十九日凌晨一点。居住在泷野川署辖区野间小区的一间一居室公寓内的单身男子纲岛信彦（二十九岁），自己叫了救护车，被收治进市内的医院，后于同一天二十二点零七分死亡。由于住院时已经出现了黄疸的症状，意识明显不清醒，所以在问诊时只了解到死者近几天一直处于无法上班的状态。

主治医生认为住院二十个小时的情况下在治疗中不应死亡，所以通过所属地区的警署委托监察医院为死者进行尸检。解剖结果显示死因是急性肝炎导致的急性肝功能衰竭，同时还认定死者有使用过微量兴奋剂的痕迹。

然后，一月二十三日十六点，杉并署接到报警称辖区内的 GRAND HEIGHTS 杉并公寓的 707 号室散发着异臭。在公寓管理人的陪同下警察搜查该房间时发现了卧室床上有一具男性的腐烂尸体。参照尸检和现场勘查的结果，分局断定死者乃 707 号房间的房客三泽光浩，三十五岁。后经监察医院进行行政解剖显示，死者死因同样是急性肝炎导致的肝功能衰竭和心力衰竭。同时也确认了有使用兴奋剂的痕迹。

搜查一课的管理官桥爪警视继续说道：

"遗憾的是，在两位受害人家中并没有发现未使用的药品。我们推测很有可能是受害人感觉身体不适是药物导致的，所以自己把药处理掉了……本次案件中，我们把搜查分为两个重点推进。首先是对受害人进行彻底调查，掌握其平时的行动轨迹。希望相关负责人在调查时能够特别留意两位受害人之间有何交点。还有一个就是药品的流通途径。下面请监察医院的国奥医师介绍一下这种药物。"

玲子虽然和国奥有着多年的交情，但还是第一次见到站在搜查会议讲台上的他。他身着折痕很整齐的西服，大概是新置办的吧。平时完全见不到的，一本正经的气质，如妖气一般弥漫在他的周围。大概除玲子以外的刑警只会觉得他是个在打扮上用力过猛的老人吧。

"嗯，我是监察医院的国奥。那个……首先我觉得需要稍微介绍一下急性肝炎的问题。嗯，在此之前，先从普通肝炎的分类开始讲起……"

桥爪插了一句："国奥老师，请简短一些。"

"啊，嗯……唔，实际上，所谓急性肝炎，指的是使用止疼药对乙酰氨基酚，或是麻醉剂氟烷时所引发的某种药源性疾病。近年来在日本国内，急性肝炎被认为是一种即使说是医疗事故也不过分的疾病。也就是说，在此次受害人服用的药品中，因某种原因混入了这些成分，或者我觉得是否可以认为是制造者有意图地添加了这些成分。我们也无从得知这种药品以何种目的、制造了多少，但如果假设这种药品并不是指定暴力团伙以资金筹措为目的制造的，而是以某种恐怖活动为目的的话，那实在是，非常，危危……"

真可怜，说了一半就被桥爪拿走了话筒。

"谢谢国奥老师。"

大概还没有说够吧。即便失去了话筒，国奥仍然站在讲台上迟迟不愿下来。

两名受害人都是三十岁左右的单身上班族。玲子觉得一开始大多数刑警应该都会认为对受害人背景的彻查很麻烦。可是，出人意料的是重要证人竟轻易地就浮出了水面。

利用的是手机。纲岛和三泽的手机中，分别用不同的名字保存了一个相同的号码。

这次，玲子在搜查总部的立场前所未有的强硬。因为她把当地警署只认为是违反兴奋剂取缔法的案子认定为连环杀人案处理。玲子一想到没抓住犯人时将会受到的非难就不禁打战，不过她也得到了相应的话语权。

"我们班负责这个电话号吧。"

直白地说，玲子可以选择自己感兴趣的证据进行调查。之后就只能祈祷自己抽到的签能和犯人有一定关联了。

这次玲子的搭档是杉并署生活安全课的年轻女巡查长北原萌子，二十六岁。据说最近负责垃圾处理问题，玲子怎么想都觉得这可爱的小女孩是凭着长相被提拔起来的。这么想并不是因为别的，而是由于自己就是过来人——这话说出去大概会受到鄙视吧。

此事暂且不论。

唐突地打给目标电话号太过危险，因此玲子谨慎地前往简易法院拿到搜查证后，来到了 NTT DOCOMO 的管理部门。

"请帮我查一下这个号码。"

可是，这个号码并不是 DOCOMO 而是 au 的，对方鞠躬致歉说不知道顾客的信息。这点小事都在玲子的预料之中。搜查证本来就只给了手机公司的数量。随后，玲子又来到了 au 的管理部门，对方表情有些不耐烦，但总算帮忙查出了号码的主人。

"就是这个人。"

下坂勇一郎，四十九岁。住在港区六本木。可以想见这个男人以某种形式联结着两名受害人。

玲子把调查结果报告给搜查总部。对于她相对迅速地展开了侦查行动，桥爪管理官甚是喜悦。"知道了，我这边也去查一下。我让菊田和石仓赶过去，你也从那边往他家去吧。"

"让菊田自己过来就可以了。等办公地点确定后，让石仓去那边吧。"

玲子不想让三系的刑警参与这条搜查线索。

"知道了，就这么办吧。"

在乘出租车移动的途中，玲子的手机不断接到总部联络员发来的报告。看来，管理下坂住所的麻布署地域课中有不少工作认真的警察。这时玲子需要的信息基本上都搜集齐了。

下坂勇一郎在知名房地产公司的总公司工作，地点在芝公园。电视经常播放这家公司的广告，给玲子留下了该公司擅长经营公寓的印象。下坂是第二企划部部长的助理。房子是十年前购置的房产，家里有专职太太的妻子明子和十七岁上高中的女儿美树，还有一只哈士奇狗。

联络负责人又补充了一句：

"两名被害人手机存储的号码好像并不是下坂平时使用的手机号。"

咦，明明签约人是下坂勇一郎，但使用者却不是他。也就是说，实际使用这个号码的人是他的妻子或者女儿吧。

"知道他女儿在哪个学校吗？"

联络员略带骄傲地回答道：

"涩谷区的宝林女子学园高中部。"

"有人去那边了吗？"

"啊，稍等一下……刚才汤田巡查长过去了。"

很好，还好不是新人叶山去了。

玲子挂了电话后打给了汤田。

"喂，康平，你现在正去往下坂女儿的学校？"

"是的，刚打上出租车。"

"别打草惊蛇啊！"

"嗯，不用问一下老师的看法之类的吗？"

"嗯，让学校出示女孩的照片确认一下，然后把照片拍下来发给我。其他的就不要多问了。然后你小心点儿尾随她回家，尽量别跟丢了。"

"知道了。"

坐在旁边的北原巡查长在日志上写下"监视女儿回家"，然后把本子合了起来。看来是个认真的女孩子。

令人意外的是，下坂的家居然是一栋外观很气派的独栋房子。从早早就亮起灯来的飘窗中，偶尔可以窥见一位有气质的中年女性的上半身。看来下坂明子正在家中。

下午四点时，菊田组在距离下坂家稍微有些距离的地方碰了个头。泷野川署恶性犯罪课经验丰富的巡查长也在场。

"怎么办？要不要调查一下他的妻子？"

菊田双手交叉抱着胳膊陷入了沉思。实际使用下坂勇一郎名下号码的到底是他的妻子明子，还是女儿美树呢？与二十九岁和三十五岁的两个上班族都交换过号码的，究竟是哪个"女人"呢？

"总之，只需婉转地确认一下谁使用的是哪个号码就可以了。"

"康平正在调查下坂的女儿是吧？"

玲子盘算着，尽可能地用自己的手给出有力的信息。作为一名刑警，这是极其理所当然的渴望。

"是的，人家是女高中生，我都不知道她会飞到哪里去。"

"妻子明子是专职太太……"

"嗯，丈夫是繁忙的上班族。闲暇时间的'伙伴'是狗、电视、手机……"

菊田轻轻地点了点头。

"我去问问他太太吧。"

"好的，去吧。我在附近转一转。话说他家狗是哈士奇，就算不喜欢也别忘了夸它可爱哦。"

菊田不太喜欢狗，他一边挠着头，催着搭档向着下坂的家走去。在对讲机前弯下高大的身躯，用谄媚的声音说了句"打扰了"。

"喂，咱们也出发吧。"

"啊，好的。"

玲子率领着北原向着六本木车站方向走去，这时汤田打来了电话。

"现在下坂的女儿出了学校，正在向涩谷车站走。我把学校给的和刚刚拍的照片现在发给你，我先挂了。"

玲子马上就收到了邮件，里面有三张照片。第一张大概是学校给的那张，像证件照似的脸部特写。女孩长得很漂亮，滴溜溜的眼睛和清晰的轮廓令人印象深刻。

第二张是运动会或某个活动时的照片。可以看出她的身材也没得说。胸部虽然还不丰满，但从紫色运动裤中露出的腿均匀纤细，让玲子很羡慕。

第三张是汤田拍的背影照。女孩和两个朋友并肩而行，从注释上可以看出右边的是她。目测身高有一米六，比玲子矮了十厘米左右。

"北原你多高？"

"一米五八。"

具体说来，应该和北原的身高差不多。

她们把到车站的路来回走了两次。这条路很热闹，怎么想都觉得十七岁的女高中生路过这边是不会直接就回家的。下坂家所在的区域四周被大马路包围着。若不知顺路会去哪里，是推测不出将从东西南北哪个方向回来。

等了四五分钟，菊田从下坂家中出来了。

"辛苦了，怎么样？"

"哎呀，那狗可真大。我算是怕了。"

"我问的是电话号码。"

"我知道，是他女儿，美树在用。明子用的是别的号码。"

玲子想给汤田打电话但没能打通，对方好像正在坐地铁。她们一边往车站方向走一边不断打给汤田，六点半左右电话终于接通了。

"她在涩谷玩儿了一会儿，现在刚到六本木。"

"嗯，用那个电话号码的人是美树。她家在从车站向北，七丁目往里面的方向，她是在往家走吗？"

"是啊，看路线应该是往那边。"

"好的，你继续跟着她。确保咱们能前后夹击。"

一边听着汤田的实况转播，玲子一行四人逆着正常路线走去。

这边是距离车站周围的商业街有些距离的住宅区。路上已经完全变暗了，街灯也很稀疏，他们看到从对面走来了一个穿着牛角扣大衣身材娇小的人影，后面好像还有汤田和搭档的影子。

一辆车超过了玲子他们，大灯照到了少女身上。确认了一下相貌，的确是照片上的少女下坂美树。玲子微微地眯起眼睛，加快脚步走到了电线杆前面。与其说美树是少女，其实她的体态已经可以让人产生"女人"之感了，或者也可以换而言之是"雌性"。

　　美树一手放在挎着书包的肩上，稍稍低头走着，当她无意中抬起眼睛时，玲子一行人便进入了她的视线。大概是不想和这四个人的集团擦肩而过吧，美树小跑着打算从右侧通过。就在这一瞬间，玲子他们也行动了起来，堵在了她的前面。

　　"请问是下坂美树小姐吧。"

　　美树诧异地看着他们，并没作反应。如果说话的是菊田的话，对方也许就会猛地逃跑了。

　　玲子借着路灯的光亮把证件给她看。

　　"我们是警视厅的，想问你一些问题，你觉得在哪里方便一点？是在你家呢，还是和我们走一趟呢？"

　　美树好像注意到了停在自己身后的汤田等人的脚步声，于是醒悟他们并不只有四个人，自己已经被包围，逃不掉了。

　　"……虽然不知道是什么情况，我跟你们一起去吧。"

　　这时，玲子暗自确信了自己的胜利。

　　他们分乘两辆出租车，所幸从六本木七丁目到警视厅所处的樱田门的距离并没有多远。

　　途中，美树一言不发。玲子开玩笑似的说了句给你买点糖什么的吃吧，她也并没有笑。只是坐在玲子和北原中间的位置，一直面无表情地盯着前面车辆的尾灯。

她在想些什么呢？玲子已经看透了一切：大概无非就是自己背后有很多阴暗事，却不知道被怀疑的是什么。还是不要贸然说话，保持沉默好了——小孩子最多也就能想到这些了。

过了十五分钟左右，众人到了总部。把向总部汇报的工作交给汤田后，玲子他们直接奔向二层的审讯室。

"请坐。这里有些小，忍一忍吧。"

玲子把里面的折叠椅让了让。

"重新介绍一下，我是警视厅搜查一课的姬川。"

美树好歹瞥了一眼玲子递到桌上的名片。玲子心想，不知一位17岁的少女是怎样理解搜查一课和警部补这些词汇的含义的，但至少是不是应该觉得我有些伟大了呢。顺便一提，北原在玲子左后方的桌子上做记录，而菊田等人应该正在从旁边的审讯室向这边看。

美树用点头回应了对姓名、年龄、住址、家庭构成和学籍的确认。

"……那么，你猜到今天把你叫到这里的原因了吗？"

美树微微歪着头，双手交叉抱臂，滴溜溜的圆眼睛仰视望着另一个方向。

"你们不是一直在悄悄跟着我吗。明明没什么线索，却把我带到这种地方来不嫌麻烦吗？"

美树哼笑着，注视着墙上的镜子。她大概是猜到了自己正在被人窥视，然后又转头面向反方向的墙壁。从她垂顺的棕色齐肩发之间，可以隐约看到有耳洞却没有戴耳钉的耳垂。

"唉，既然你已经特地过来了，按照礼节那就由我先说吧。首先是十九日，一名住在北区泷野川的名叫纲岛信彦的二十九岁男子死亡。"

美树修整得很漂亮的眉毛微微地跳动了一下。除此之外并没有其他表现。是不是应该表扬她真能忍耐呢？

"然后二十三日，也就是昨天。有人发现了杉并区的一名三十五岁男子三泽光浩的尸体。看样子大概已经死去一周了。怕你呕吐会弄脏这里，所以就不给你看尸体的照片了。死者生前是这个样子。这是纲岛，这是三泽。你应该认识吧？"

虽然她仍旧佯装出漠不关心的样子，但从肌肤细腻的脸颊上却看出了些许僵硬。她脸上应该说是一副好像硬被人和讨厌的男人扯上了关系的表情。明明长相可爱得无可挑剔，但却让人看着莫名地生气。玲子很想给她一句忠告，在脾气暴躁的男人面前，最好不要摆出这种表情。

"你就不好奇警察为什么要跟你说这些吗？"

美树从她小巧精致的鼻子里叹了口气，瞥了一眼玲子的脸。令人遗憾的是，玲子可也并没有难看到面对面会被人大呼"丑女"的地步。

"……都是因为手机吧。"

"手机怎么了？"

"他们两人的手机里都存有我的号码。"

"你为什么这么想？"

美树看了一眼名片后抬起了眼睛，再次从正面怒视着玲子。她的眼睛很漂亮。但玲子希望她能把这种不服输的性格用在社团活动或是学习等有意义的地方。

"为什么他们俩的手机里会有你的电话号码呢？"

美树厌倦地咋舌道：

"……我要说是援助交际，你们这些巡逻的又该找碴儿说这只不过就是卖淫了吧？"

她这是要挑衅？玲子用手挂着脸，反而表现得异常冷静。

"你在卖淫？"

"是又怎么样？"

"你是想说自己长得可爱身材又好，所以很受欢迎吧？"

"没有啊，不过比您这样的大婶年轻可爱倒是事实。"

从确定对手是女高中生时起，玲子就已经做好准备面对这种程度的中伤了。可是实际被她这么一说，感觉还是受到了相应的伤害。特别是一想到坐在身后的北原会怎么想就很难受。不过没办法，自己在十七岁的时候也觉得到了三十岁就成彻头彻尾的大婶了。

"那你承认和那两个人是那种关系咯。"

"那种关系是哪种关系啊？"

"援助交际。"

"不可以吗？"

"当然不可以，小孩子应该老老实实地在家里学习。"

"可是，成年男人就喜欢小孩子呀。特别是可爱的小女孩。喜欢得像是要把对方吃掉一样。"

"所以，你让人家吃了？"

"谁知道呢，你怎么不去问问尸体？"

呼——真是个有趣的小鬼。

"嗯，你没撒谎说自己没做，这一点就值得表扬。但是能不能再诚实一点呢？"

美树慢慢地抬起了下巴，做出嘴唇微微开启的样子。这是她在镜子前练习过无数次、自以为傲的角度吗？看上去的确很性感，下至十来岁上至五十多岁的男人应该都会被她搞定。可是为什么要给大婶这种对手看呢？

美树保持着这种角度开口说道：

"……喂，我很烦像八卦访谈节目一样讨论什么卖春不好还是买春不好的问题。"

"不会谈到这种问题的。因为我完全明白双方都不好，但是买春一方已经死了，所以只好询问还活着的你了。"

不知为何，美树的表情令人厌恶地舒展开来，甚至泛出了一抹冷笑。

"你完全明白什么不好了？"

"卖春和买春双方。"

"为什么？"

"咦，你不知道吗？法律中是被禁止的呀。"

她又哼笑了一下，把身体靠在了椅背上。

"没想到刑警这么笨。什么法律禁止之类的，连小学生都不会说这么幼稚的话。不就是因为你们只会这样说教，色情服务业才会变乱、逮捕率下降、不好的事情接连发生、情况越来越糟糕的吗？"

她好像多少有些社会经验的样子。

"你好像对自己很有信心嘛。"

"什么信心？"

"吵架的信心。"

哈！美树展现出张大了的嘴和鼻孔。本来玲子还觉得从透过窗户看到的妈妈的感觉来看，这个女儿的教养应该也很好，不过现在看来好像并非如此。她到底是在哪儿学会了这种表达情感的方式呢？

"话说回来，现在对人类最古老的买卖交易并没有什么好坏之说呀。"

"这还是有的。"

"因为法律的规定吗？这种逻辑我已经听腻了，完全没什么说服力。既然你这样说的话，那为什么风俗女郎就能获得认可呢？干的事情都是一样的呀。还有泡泡浴店又怎么说，这要不算是卖淫的话算什么呢？"

"这不一样。"

"有什么不一样，你倒是说啊？"

真是的，这是什么口气。把搜查一课的刑警当成什么了？玲子觉得这种问题应该交给生活安全部的人来解答。可是现在自己是骑虎难下，硬着头皮迎战了。

"首先，她们都有按规定纳税。"

"啊？"

"在有经营许可的店里，以业务人员的身份登记，依据服务来获取薪资，然后从薪水中纳税——步入社会上班就是这么一回事。只有这样才能获得社会的认可，除此之外全部都不行。无论是旅馆按摩还是援交，无论是水产店还是廉价点心铺，在这个国家中，一切不被社会所认可的工作都不应该去做。"

"满口社会社会的，你就只会说这个词吗？"

"这个社会还没有宽容到能让你乱来的地步。"

"这种事情和宽容与否没有关系！"

玲子也报复性地用鼻子哼笑道：

"不，关系大着呢。那我问你，出卖身体你能得到什么呢？"

"我可从来没有说过自己出卖过。"

"就事论事而已。你这样能得到什么呢？"

美树不高兴地背过脸去。这是自然，就连说出这话的玲子心里也算不上多舒服。

"……是钱吧。"

"你这不是知道吗。没错，就是钱。说起这钱，也就是通货到底是什么呢？是社会为了所有交易顺利展开而创造出的交易工具。那么，你都用这些钱做些什么呢？"

"做什么，能做很多事啊。不要问这种愚蠢的问题。"

"没错，是能做很多事。可以买奢侈品，也可以在 KTV 嗨一晚上。不过，其实这些也都是了不起的经济活动。国家实施市场经济后，这些经济活动才能得以实现。就算你用援交挣再多的钱，生活在空无一人的非洲热带雨林里也没什么意义吧。"

"说什么呢，是不是傻啊。"美树不满地发泄道。

"不，傻的是你。你还没有理解社会的意义。你是不是觉得靠着出卖自己的身体挣钱无所谓，反正也不会少什么，稍微忍耐一下就结束了。就算以后有了男朋友、结了婚，对对方保密他就不会知道。是这样吧？"

没能在对方说话之前抢先一步说出来，美树很是不甘心，像是吃了什么不好吃的东西一样歪着嘴。

"本来也没打算一直做下去。就现在少做几次，在成人之前不干了就没事了。说到底，社会就像天上的云彩一样遥不可及，和我没什么关系。你是这么想的吧？那就大错特错了。正因为获得了社会的认可，你才能存在在这里。"

美树一脸莫名其妙的表情，像是不知道玲子在说什么。

"你下坂美树的名字、出生日期，还有国籍、户籍所在地都要接受国家所承认的地方自治体的管理。正是因为国家这一社会的认可，下坂美树这个十七岁少女才能够存在。假设没有国籍的话，你就上不了学，也无法结婚。也不可能找到一份正经的工作。这种情况下，才会被小混混之类的抓起来，从早到晚在肮脏的男人们的唾液和精液包围下生活。"

此时，玲子的气势稍占上风。美树抗拒的眼神中慢慢地带了些焦躁。

"既然你说自己和社会没关系，那就来试试如何？刚才我的下属去了你家，管你妈妈要了电话号码。现在我就给你妈妈打电话，告诉她，你家的美树好像沉迷于以上班族为对象的卖淫活动。"

"你——！"

美树从椅子上抬起了屁股。

"连证据都没有，就做这种事吗？！"

意料之中。虽然嘴上不饶人，但还是害怕让父母知道。所以才不愿意在自己家接受调查，而是若无其事地跟到了樱田门。她到现在还没有意识到，在那时自己就已经落入了玲子的圈套中。说到底还是个孩子。

"哎呀，卖淫女的称呼是不是让你生气了呢？既然如此，就以破坏名誉的罪名告我吧。不过，法庭可是最能体现出人的社会性的场所呢，可不是非法卖淫女应该出现的地方。"

"你、你是刑警啊！"

"既然你否定了社会性，那么我在这社会上是谁，什么职业应该都和你没关系吧？"

"无聊。"

"是呀，很无聊吧。既然如此那我就用我的手把这些无聊的东西都帮你毁掉好了，消灭你未来的社会性……首先是学校那边。我会用广播让老师、学生，甚至是勤杂工大叔都知道——下坂美树是卖淫女，只要肯给钱可以对任何男人张开双腿，校长要不要也试试呢？当然你的父母肯定也是要告诉的，对了，要不要通知一下你爸爸的工作单位呢？跟他说，部长，下坂先生的千金现在睡一晚上很便宜哦。"

美树的脸上弥漫着痛苦的神色。看来到底还是不愿意投入爸爸同事的怀抱。

"你可不要觉得忍耐到风平浪静后就好了呀。如果你装作若无其事的样子和某个男人结婚了，我一定也会去通知他的。当然，无论你是当个 OL 还是自由职业者，只要你工作了我也会告诉你的工作伙伴。不过，即便如此你也无所谓吧。因为有没有社会跟你毫无关系。大家都任性妄为，你也只需由着自己的性子。一辈子都在路边张开双腿生活不也挺好的吗？就算上了年纪也总会有办法生活的。你去代代木公园附近学习一下如何？那里有不错的榜样，我可以介绍给你。有一位叫"高奶奶"的老太太靠着给流浪汉卖淫勉强度日。"

美树愤恨地小声嘀咕道："没人性。"

"哎呀，真是没礼貌。我只不过在无视社会性的问题上就事论事而已。当然，如果你愿意给社会多少做些贡献的话，我们非常欢迎。从现在开始一点儿也不晚。"

"太坏了。"美树沮丧地低垂着脑袋，这句话像是从她头顶笔直的头发分缝中冒出来似的。

"不知道你是否有所收获呢？"

玲子心想，想必现在自己的脸上一定浮现着一抹冷笑吧。不过，如果不说到这种地步，让她轻视法律的监视者的话，那就麻烦了。

背地里通过违法行为占便宜，表面上还想以大小姐的身份生存下去，即便是投机主义也应该有个限度。玲子想说的是，不论是未成年人或是其他，既然作为这个社会的一员，就应该遵守相应的规则。如果不愿意遵守的话，就做好被社会排除在外的准备吧。

"不要太看不起那些理所当然的事。之所以它们能够理所当然，是因为具备了合情合理的理由。"

不能说所有的法律都是正确的，但是我们还是应该去遵守已经制定的部分。既然对法律抱有如此异议，那就不要选择卖淫，大可以勤奋学习，考进东大法学系，毕业后进国家机关工作。或者成为国会议员，提倡修改法律来实现卖淫合法化。如果这些通通都做不到的话，那就只能忍耐现行的法律了。这和不会做饭的鳏夫每天只能吃外卖便当是一个意思。

不过看来这位小姐好像没有这份骨气，今天就不用硬和她说这些了。

"……你，想让我怎么做？"

玲子深呼吸了一下说道：

"请告诉我，你和纲岛和三泽是什么关系？"

美树眉头紧锁，一脸痛苦地叹了口气。烦恼的美少女，这幅场景也能堪称是一幅画了。

　　"……卖了。"

　　"准确地说是？"

　　"卖淫了。"

　　"仅此而已吗？"

　　片刻沉默中，美树在思索。

　　"……还给了他们药。"

　　北原在后面唰唰地奋笔疾书。

　　"什么药？"

　　"不知道，能让人兴奋的药。"

　　"你为什么不知道？"

　　"我又没用过，因为害怕。"

　　哦，在这种时刻就能用理性进行判断了吗。不过，可以说也正因为如此才能活到现在这么大吧。

　　"药是怎么来的？"

　　"……别人给的。"

　　"谁给的？"

　　"客人，其他客人。"

　　"然后你把药卖给了那两个人？"

　　美树睁大了眼睛。

　　"我给他们的。我不需要所以送给他们了，并没有靠着卖药挣钱。"

　　看来，即便卖淫在美树心里是合法的，但出售违禁药品却另当别论。真是复杂的伦理观。

"我再问一遍，药是谁给你的？"

"……一个叫宇田川浩一的某个大学医学院的学生。"

玲子向她确认了汉字的写法，美树回答可能应该是"宇田川浩一"。

她话语中的"可能""某个"真让人头疼。

玲子问美树喜欢喝什么饮料，她的回答是矿泉水。据说是要极力控制摄入糖类物质。

"我喜欢波路梦的碱性离子水。"

甜食 NG、违禁药物 NG，但卖淫 OK——真是麻烦的年龄。

十分钟后，汤田拿来了三瓶审讯室需要的水。虽然不知道这水有何特别，但玲子也拿起一瓶边喝边继续审讯。

"纲岛和三泽的手机用不同的名字存了你的号。你是用假名和他们接触吗？"

"嗯，万一他们有了什么奇怪的想法来缠着我，那不就糟了吗？"

"顺便问一句，你用什么名字和宇田川浩一来往呢？"

"嗯——"她沉思了一会儿。

"我想应该是 MAMI。"

玲子觉得这里需要确认一下。

"是吗……但是你却知道对方的名字呀？"

"因为一开始我让他给我看身份证明了。当场我就把照片用邮件发到了家里的邮箱里。我对他说，要是惹上了什么麻烦倒霉的可是你们。这也算是一种保险吧。"

原来她们也在用自己的方式进行着自我防卫。

"身份证明具体指的是什么？"

"大概是驾照吧。"

"宇田川浩一的？"

"回去看一眼我才知道。不过，我记得应该是驾照。虽然他说自己是医大学生，但我不记得看过他的学生证。"

美树咕咚咚地喝了水，然后把瓶盖盖上。

"你们是怎么认识的？"

"相亲认识的。大约是今年春天吧。那家伙挺土的，上来还说自己是医大学生，将来会很有钱，闭口不提现在自己既没工作也没钱。我觉得不可能和他交往，一开始就和他说只限于跟他去 KTV。但是，他总纠缠我，特别想和我做。我觉得很烦，就跟他说做一次十万日元，他就同意了。"

"你这真是暴利啊！"

"这还用说，他的头发又黑发型也很土，让人怀疑他是否真的是日本人，很想问问他穿的衬衫和裤子是不是昭和年代买的。我都不想和他站在一起走，还不如穿西服的大叔呢。"

"可是你们还是做了呀。"

"那倒是，不过也仅此一次而已啦。这家伙动作笨拙，又没礼貌，一点也不温柔。把我弄疼不说，还嫌弃我……换成是你，你会再跟他睡吗？"

"你说和他只做过一次，那药是什么时候给你的呢？"

"不是啦，虽然我们没再做爱，但我同意了只要给钱，我可以和他见见面，我们一起吃过几次饭……是第几次吃饭来着？他说给我个好东西，于是就把药给我了。我问他是什么，他说是能让人爽起来的药，所以我就收下了。不过我发现这药不是什么好东西，我有的朋友对此上了瘾。所以我就送给想要这药的其他客人了。"

"他给你了多少？"

"这种大小的袋子，一共……大概有二十袋吧。"

从美树用手比画的方形来看，可能是能装入两三克东西的小袋子。是粉末吗？如果是二十袋这样大小的袋子的话，合起来重量应该有五十克左右了。

"知道了，现在我们送你回家，请你在家帮忙查一下宇田川浩一的身份证件。"

"啊——？"美树叫唤了一声，可爱的面容突然难看地扭曲着。

在菊田驾驶的汽车中，美树不停地胡乱说着话。总之好像是特别担心自己会被定什么罪。

"这是宇田川的错吧？是不是和我的援交其实没什么关系？"

"且不说纲岛和三泽，但是不可能不过问你对宇田川的卖淫行为。"

"真的假的？！饶了我吧……那药呢？不是我卖给他们的是不是就没罪啊？"

"说什么呢你。你明明知道这药会让人爽起来，那就说明你已经知道这是兴奋剂或者是毒品了。在此之前，你拿了药的这件事就已经能定罪了。"

"那么最终会怎么处理呢？我会被送进女少年犯教养院吗？"

"没有女少年犯教养院啦。关东的话，大概就是狛江的爱光女子学园吧。不过，只要你好好协助我们的调查，在法庭上表示出自己反省的态度，也许还不至于到那一步。这依据的是从现在开始你能对社会做出多少贡献。"

话虽如此，但实际上可以说基本没有因为卖淫被送到劳改部门的先例。卖淫和非法持有违禁药品这两项罪名加起来，也就最多进个少年鉴别所吧。总之，家庭法庭的判决和玲子这些警察并不相干。

到了下坂家，玲子告知美树的母亲过后会对她说明情况，然后就上楼来到了美树的房间。事到如今，美树好像还认为应该有不让父母知道就能把事情解决的方法，"没什么大事"她边说边向妈妈明子摆了摆手。菊田组则留在楼下待命。

玲子暗自希望美树的房间能干净整洁一些，至少不要像她的人一样，但是哪里有那么便宜的事。脱下来的脏衣服扔了一地，吃完的东西也都摆在那里。这种味道就好像是还没收拾的时候不知从哪里飘来一阵异味，然后不停地企图用除臭剂掩盖住一样，屋里充满了一种分不清好闻难闻的香臭混合的气味。

"稍等一下。"

美树插上电脑的电源，把床上胡乱整理了两下示意玲子坐下。被子上到处都是浅褐色的污渍。玲子感觉自己坐下五分钟屁股就得痒痒。都说现在的女高中生是性病高发人群，与其说这病是男人传染的，倒不如说是她们自己生出来的病好像更符合实情一些。

"好像是这个吧。"

没想到美树倒是很认真地管理着卖淫顾客的数据资料。她熟练地使用鼠标和键盘，从二十多个文件中打开了目标文档。

电脑上显示的是宇田川浩一的普通小汽车驾驶执照。图片的清晰度并不高，但好歹能辨认出一张像是仅靠着学习成长起来的脸和驾照上的号码。玲子让美树打开了川崎的受害人和其他送过药的男客人的文档。又命北原把这些资料抄写下来，向搜查总部汇报、打听一下。

"要对妈妈说了吗……"

美树皱着眉，声音一下子像泄了气一样。她为什么意识不到这种表情也许男人看到会觉得开心，而很大概率会引起同性的厌恶呢？

"这由你决定啊。只是就算今天撒谎搪塞过去了，总有一天会露馅儿的。在我在场的时候老老实实地说出来不是更好？因为还有些事情需要你协助我们，所以如果你现在去说，我还可以帮你说说话。"

美树叹息着环视了一下自己的房间。这房间虽然凌乱，但一直到今早以前待在这里让她感觉舒服。如今在她眼中大概已经成了另外的空间了吧。

母亲明子痛哭起来。说话间回到家的下坂勇一郎挥舞起拳头要打美树。当然，菊田制止了他。

"真恶心，给我滚出去！"

不知是应该去追怒回卧室的勇一郎，还是应该再和美树谈谈，明子惊慌地不知所措，最终只是不停地哭泣着。玲子一行十一点多离开了下坂家，返回总部。

第二天早上五点，玲子和三系一班会合，找到了已经弄清来历的宇田川浩一本人。宇田川的态度像是猜到了会发生这样的事一样，不过当他得知死亡的不是下坂美树，而是不认识的两名男子的时候表现得很是不安。

宇田川随菊田组进入审讯室，老实地回答了所问的问题。

"我想要杀……杀掉 MAMI，把她据为己有。"

他一个劲儿地重复着自己错乱的想法。玲子在隔壁通过扬声器听着他的话。

"好像她根本就没吃那个药，全都免费给了其他客人。真遗憾啊，除了死去的两个人之外应该还有其他受害者。为了至少别再出现更多的死者，希望你能积极地协助我们调查。"

宇田川说，毒药本来是研究室中为了让老鼠患肝病的特殊药品。他把药从研究室里偷出来，将其和在新宿买到的兴奋剂混合、干燥，并制成粉末。宇田川哭着附加了一句，服用过那种药的人最好现在马上去大学医院检查肝脏。

十点，下坂美树和父母一同现身。大概是被狠狠骂了一晚上吧，她没有化妆的双眼红肿，美貌荡然无存。

只有美树被带到审讯室，从隔壁房间确认宇田川的长相。

"是这个男人没错吧？"

"是他，没错。"

美树用眼睛怒瞪着宇田川，像是把他当作作恶的元凶一般。

"……还说自己是医生什么的，结果不就是个杀人犯吗。"

玲子勉强克制住自己想要打她的冲动，但允许自己抓住了她的衣服。

"你刚才说什么？！"

玲子用力地攥着对方羊绒高领衫的领子。美树不由得屏住气，用怯懦的目光看着她。

"只不过是个杀人犯？那你又是什么？你既是杀人犯，还是个肮脏的卖淫女吧？！"

北原挡在了玲子的身前，她无奈下放开了手。美树跟跄着靠在了后面的墙壁上。

"我、我……我没有……"

"没有杀人？不，你错了，你是个彻头彻尾的杀人犯。你把法律上违禁的药物给了别人。也许你自己可能没吃，但会有无数个蠢货因为觉得有趣而进行尝试！在你明明知道这一点的情况下，若非案情并不像此次这样特殊，那么你的行为就相当于唆使他人嗑药中毒死亡！"

"怎么会？"美树脸上恐惧的神色越发明显。

"并不是说我知道案子在法庭上将如何进展，现在和你说的是如何做人的问题。像你们这样的熊孩子可能会说美国的某些州将吸食大麻合法化，把迷魂药的危险性说成是和酒或者药品一样，但是在没有实现合法化的日本，做这些事就无异于犯法。

吸毒嗑药的人一般都会说只要不深陷其中自己想什么时候停下来都可以，但其实没有一个人能真正控制得住自己。差劲到连作为原则的法律都无法遵守的人，怎么可能在乎自己做出的这些无关紧要的决定呢？！"

玲子蹲在已经瘫坐在地的美树面前，再次抓住了她的衣领。北原被玲子的怒气所震慑，退了一步后一动也不动。

"人只要最初的一步迈错了，就会彻底堕落下去。我明确地告诉你，毒品是戒不掉的。即使当时的一天、一周、一个月、一年忍住没有出手，就在这里——"

玲子用力地戳了戳美树的太阳穴。

"到死大脑都会记得那种快乐。为了重拾这种快乐，他们会不惜付出一切代价获取毒品，甚至会抢劫杀人。能让人失去财产和家人，反省后准备自杀时却还想着最后打一针再去死的就是毒品了。"

美树恐惧地流下了眼泪，一边发出不明所以的声音一边摇头。

"想什么呢，因为自己没嗑药就觉得冤枉吗？别说梦话了！请你想一想自己不服药却散播给别人是多么严重的罪过！"

玲子狠狠地把勾起的拳头打了出去。这一拳带着怒火重重地打在了美树耳后的墙壁上。美树惊叫一声，紧接着牛仔裤的裆部湿成了一片。

"别把人看扁了！"

玲子粗暴地打开门冲到了走廊上。

一开始，她走得慢悠悠的，慢慢地就变成了一溜小跑。跑到五层的医务室时，她哀号了起来，等到对医生说"可能骨折了"的时候，已经都快要哭出来了。

疼，疼死了——

玲子只希望能避免打着绷带出现在美树面前。有没有什么办法呢？接受治疗期间，她一直在思考这个问题。

至少应该用左手就好了。

这是个教训，就算生气也绝对不要用右手捶墙。

对称

　　我从椅子上起身，探头看向隔断另一边的小隔间。佐藤先生正在吃饭。今天晚上吃的是咖喱饭，没什么值得一看的对称性。

　　我敲了隔断两下，对方摘掉了耳机，终于抬头看了过来。

　　雾蒙蒙的眼镜、汗湿的黑色头发、油光满面的苍白皮肤和图案已经褪了色的 T 恤。

　　"……啊，你好。"

　　"好久不见，最近过得怎么样？"

　　我对之前的事表示感谢，佐藤先生一边说着"不客气"，一边晃动着拿着塑料勺子的手。什么东西溅到了电脑屏幕上——是咖喱的米饭粒。

　　"彼此彼此，反而我倒是转了一个晚上。"

　　"是吗，那太好了……回头再聊。"

　　再次表示感谢后，我走出了网吧隔间。

若无其事地用眼睛扫了一圈店内。今天晚上的上座率约有八成。"八"和"8"，这个数字倒是能看出一些对称来。

　　走在隔间与隔间之间。空气中弥漫着自己已经闻惯了的臭味，烟味、方便面味、咖啡味，还有各种体臭。这里湿度很高，氧气比较稀薄，温度低，灯光昏暗。

　　鼠标的点击声、从耳机中传出的动漫声，再加上店内的背景音乐是广播中的速度金属乐。

　　"……A8 号间，稍微出去一下。"

　　正在清洗烟灰缸的店员转头说道：

　　"好的，您慢走……带好贵重物品。"

　　隔间里只有脏内裤、脏衬衫、脏裤子和手机充电器。若是有人想要的话就送给他吧。

　　"我走了。"

　　推开玻璃店门，我来到了杂居楼的走廊上。荧光灯发出惨白的光，旁边的旅行社早就下班了。

　　下楼梯走到楼外就是商店街。空气中弥漫着夏秋交替时节的气息。我感觉鼻子一下子就通畅了。除了居酒屋、游艺中心和便利店之外的店都关门了。汉堡店前堆着一堆垃圾。

　　对电线杆跷腿撒尿的无所事事的野狗；用手机聊天的无所事事的年轻女人；跨在摩托车上和朋友聊天的无所事事的男孩；短发、夜里也戴着墨镜，肩上文着刺眼太阳图案的无所事事的胖子。

　　走到大街上，路上还有很多往来的车辆。前车灯不断由远方逼近。

　　那个夜晚的记忆，列车的前照灯、轨道上的影子、终极对称性。

单单想起这些，就足以让近似于射精般的快感在我体内奔腾。

空气产生了变化。带着尾气味道的夜风。商店街的喧嚣逝去，引擎和轮胎的声音充斥着我的右耳。左耳边是风的声音。

走，径直向夜空的方向走去。对了，去那里吧，有那女孩等待着的那个地方。

从大街上向左拐，顺着昏暗的坡道向下走去。这是一条平缓的、漫长的坡道。静谧的学校、静谧的住宅、静谧的荞麦面店、灯光明亮的自动贩卖机。这里也没什么值得一看的对称性。

我穿过空无一人的公园中央。周围是漆黑得融成一片的树丛和树荫。公园中央的路灯下飞蛾舞动着，仔细看就会发现灯柱上停留着几只，身上有斑点状的花纹，有些是对称的。

走出公园，这次改为上坡。平缓、笔直地坡道一直向着灰色的夜空中延伸过去。

对面的道路有两条车道。精致的铸铁护栏、石头砌成的人行道、漆黑的树丛。貌似一时半会儿不会有车开过来。

我走到车道上，站在两条车道中线的位置，顺着坡道向上看去期待着能看到美丽的对称画面，但右侧的车道上出现了一辆车的大灯，顿时美感全无。于是，我失望地穿过了马路，跨过护栏，走上了对面的人行道。

在坡道的顶端处出现了一座天桥，天桥下方是 JR 某条线的轨道。

走到天桥的中间后我站住了。隔着铁网向下方望去。虽然下面很昏暗，但仔细凝视了一会儿便能看到两条散发着微弱光芒的铁轨。为了能让自己浮在上行和下行轨道的正中间，稍微地调整了一下位置。

我在黑暗中找寻着那天晚上的兴奋感。

越来越近的电车前灯将现场染得雪白。车灯照射下的黑脑袋、浑圆的后背、肥胖的四肢。刺耳的警笛声。从自己腹腔深处如泥石流般涌现出笑意、笑意、笑意——

"……你果然在这里。"

突然有声音传来，转头一看，一个身材高挑的女人就站在那里。什么时候被她看到的呢？莫非自己真的发出声音开怀大笑来着吗？这就糟糕了。

"啊，你好……有什么事吗？"

"嗯，还有一些问题要问，刚才去了那家店找你。不过听闻你刚刚出去，于是我就猜测你可能会在这里。"

上行电车逐渐行驶过来，随之而来的是强烈的光线和可以感受到的风压。

车灯的灯光照耀在女人的脸上，她脸上带着温和的笑容，中长发被风吹动着在夜空中舞动。她用没拿包的手把头发别在耳后，发型马上恢复成原来的样子。

"你怎么……会知道我在这里？"

电车驶过，灯光渐行渐远，又看不清女人的表情了，但是她的脸却烙印在我的视网膜上。那双眼睛仿佛如同洞悉一切的预言家一样，从深色口红勾勒出的双唇中说出的话语，仿佛拥有神奇的力量。已经无法只用聪明来形容她了。

"因为我觉得要是我的话，就会这样做。"

见我没有说话，她走近栏杆，双手抓住为了防止人跌落安装的金属网。金属网发出哗啦啦的声音剧烈地晃动着。她不仅用手，还使出了全身的力气摇晃着。

"……我想如果我是凶手的话，在这样的夜里应该会非常想去现场看一看……"

我顿觉喉咙十分干渴。喘一下气都让人觉得呼吸道非常干燥，像是要裂开一样。

谁来救救我——

每天早上都能见面却连彼此的名字都不知道，世上这样的事很常见。

"早上好。"

我的这句问候中带着某种信念。如今自动检票已成为定式，使用过期定期券、逃票、无票乘车等违反秩序的情况大幅减少。因此现在作为一名站务员主要的工作，就是负责帮助因某种原因被自动检票机挡住的客人进入车站。不过这种情况的概率大概也就百分之一。

于是，无事可做的我就开始自然而然地向着来来往往的上班族和学生们问好。这与要给开始新的一天的人们带去一些活力的可笑想法稍微有些不同，其实是意识到了这份工作是服务业。我觉得这种想法比较接近自己的心理状态，或者说自己是想从无聊的日常事务中找到一些工作的意义。

这一句句问候得到回应的概率不到百分之一。但是，我不认为自己是徒劳的。有人听到后会惊讶地抬起头，仅此就好。还有人以近似于点头的瞬间回应，已是足够。

"早上好。"

她也是在通过检票口的时候用眼神做出回应的那种乘客。她是东京市中心私立女子高中的学生。娇小的身材，和那像玩具一样的淡蓝色的框架眼镜很是相称。等到恋爱之后，她也会换成隐形眼镜吗？这种想象对我而言也是一种隐秘的快乐。

这样的她在某天的傍晚，哭丧着脸走进了站员室。

"我好像把定期券丢了。刚买没多久……"

通过这起意外事件，我知道了她的名字——小川实春。果实之春，真是个好名字，我想。当时的这张车票最终也没找到，这是后话。

人与人的关系仅仅因为某个契机就会发生改变。自那以后，女孩开始出声回应我的问候了。

"早上好。"

"啊，早上好。"

她出示了重新购买的定期券，莞尔一笑。我时常觉得如今的高中生并非没有希望了，其实毋宁说我只希望自己不要变成什么事都要按照"如今"归类的老年人，和缺乏想象力、企图靠着粉饰过去来将自己的行为合理化的人。

曾经有几次傍晚时分我在月台上疏导乘客的时候，恰巧碰到她回来。

"你回来啦。"

"啊……回来了。"

她的表情看上去很沮丧。

"怎么了？身体不舒服吗？"

她摇了摇头说，没事。

"……在课外活动中受伤的地方，刚才咣一下撞到了门旁边的那个扶手杆上。"

"什么课外活动？"

"乒乓球部……胳膊肘咚地一下撞到了乒乓球桌的角上。"

我原本觉得她是个文静的小姑娘，没想到她还会练习乒乓球。只是在说出"咣""咚"之类词汇的时候，表情和声音都相应地变得很凶。似乎窥见了作为一名高中生的敏感锐利的一面。

"还有人因为那根杆子肋骨骨折了，小心一点吧。"

"肋骨？"

"就这里，两肋的地方。上下班高峰的时候被人一推，胳膊正好抬起来的时候撞上了。"

"啊，原来如此……我会小心的。"

女孩鞠了躬，向着出口方向走去。轻快下楼梯后，走出检票口。我不由得一直用目光追随着她的背影。我觉得自己对女孩的感情绝对不是爱恋，只是想守护着她。

那是一个晴朗冬日的清晨。

"早上好。"

天气一冷，人们的反应变得更加迟钝了。这也是人之常情。至今我依然清晰地记得，她身着藏青色的牛角扣大衣，带着浅紫色的围巾，呼吸间吐着白气。那天早上，女孩用比其他人都响亮的声音回应了我的问候。

"早上好！"

她是不是遇到什么好事了呢？是不是学校要举办她热衷的活动？或者是在前面换乘的电车中发现了很帅的男孩子？

"路上小心。"

无论如何，自己只需目送她离去就好。我只是希望，今天这一天她至少能平安无事，如果可以的话希望她过得快乐、健康。

女孩乘坐的电车缓缓地驶离月台，逐渐加速前行。

那天早上，电车的运行班次并无异常，一切都如往常一样。如今想起来，是个再普通不过的早晨了。

但是，突然刺耳的刹车声响起，地面也随之一震。

"怎么回事？！"

突然月台上一片喧嚣，大家都朝着刚刚电车驶向的方向看去。

发生了什么事？我的身体在问出问题之前已经开始行动了。双腿开始任性地朝着上行电车驶去的方向全速跑去。

我拨开等待着下趟电车的乘客们，跑到了月台的最前方处，可以看到铁轨远处的电车尾部和从电车前部升起来的烟雾。不顾一切飞身而下，沿着铁轨跑了起来。

没事的，应该不太严重。我试图这样安慰自己，但是无济于事。我已经看到电车的某一节车厢已经脱轨了。车辆甚至已经甩到了下行电车的轨道上，像一条蛇似的蜿蜒着停在那里。

用手机联系站务室。事故既然已经发生，前后的列车应该就已经自动停运了，但为了以防万一，我还是在电话中确认上、下行电车全部停止运行。在表示具体情况自己还不清楚后，我挂断了电话。

终于跑到了列车的车尾。从窗户看进去，好像有人因急刹车的惯性受了伤，但由于这节车厢没有脱轨，所以没有引起恐慌。甚至有冷静的乘客招呼着大家，准备手动打开门逃出去。

继续往前跑，我发现脱轨的是第四节车厢。十节车厢中，由前向后的第四节。车厢倾斜着卡在上下行的两轨道之间一动不动，左右是垂直的水泥墙。再往前一点有一座天桥。轨道通过的地方如同一道地沟一样，比周围的地面要低很多。但是，脱轨的第四车厢阻塞了这条地沟。因此，自己从此处看不到第四节前面车厢的情况。不过从那座天桥上应该会看得比较清楚。

而这第四节车厢是向自己的这一侧倾斜着，正好离地大约四十五度。我仔细看了看发现，支撑着倾斜的车辆的，是右侧水泥墙壁上的一处菱形的突起。车厢的右角卡在那里，这才勉勉强强地定住了。

就在这时，响起了水泥受到摩擦，铁板吱吱嘎嘎的声音。与此同时，车厢又向这一侧倾斜了几厘米。

在已无光亮的车厢内，乘客倾斜着挤在车窗一侧。低沉的呻吟声、高亢的悲鸣声、暴风雨般的哭泣声。车厢的中间部位附近有一扇已经碎了的窗户，一个人的上半身像是垂在那里一样，被挤出了车窗。藏蓝色的牛角扣大衣。浅紫色的……围巾？

"实春小姐。"

我毫不犹豫地跑过去，钻到车厢下面想离她近一点。她的下半身还留在车内，只有上半身以前趋的姿势垂在车外。

她好像已经失去了意识。

"实春小姐，醒一醒！"

周围的人会怎样看我呢？

站务员呼喊着一个女高中生的名字，想要把她救出来。不过，我至今仍然确信自己并没有一味地要救她，而不管其他应该救助的人。我认为，在那种情况下最先应该救出的就是她了。

虽然她只是个高中生，但想要搬动一个已经昏迷的人绝非易事。而且，她的下半身好像还被什么东西卡住了。任由我如何往外拉，牛角扣大衣都快被脱下来了，可是女孩却纹丝不动。

而且，我感觉每次向外拉动女孩的时候，车厢都要向这一侧倾斜几毫米。实际上，已经有乘客在愤怒地呼喊着：住手！别动了！但是，我不能就此停下来。如果不这样做，当车厢完全横向倒下来的时候，她就……

然而，这一瞬间比我想象中来得要早。

水泥墙上支撑着倾斜的车厢的突起碎了，车厢右角一边发出切割金属的刺耳声音，一边刮着墙面缓缓下移。

"你快跑——！"

有人这样对我喊道。但是，我依然不愿放弃。

"危险！"

不知是谁卡住了我的双臂，把我向后拖了出去。直到最后，我的右手仍然握着女孩的左手。

"实春小……"

几秒钟后，车厢顶部横在了我的眼前。

我的右肘部受到了冲击。在我的记忆里，与其说手腕碎了，不如说那种痛楚就好像是被人用棒球棒或是其他东西痛打了一样。

更不用说那股热气——

被压在下面的人体四散时释放出的热气扑面而来，这对我而言才是无与伦比的冲击。

接下来的三四天里，我整天呆呆地看着医院的天花板。一周后，才看了报纸，获悉事故的原因。

【本月二十一日，在东京都北区 JR** 线与小轿车相撞后脱轨、翻车的事故中，重伤患者公司职员横山友纪先生（二十九）于二十七日去世，至此该事故已造成包括乘务员在内的一百零二人死亡。轻、重伤患者总共四百二十五人。

据警视厅王子警察署调查称，造成事故原因的小轿车驾驶员米田靖史嫌疑人（三十九），在事发当日的清晨五点前，在北区赤羽的朋友家中，喝了一瓶半的威士忌，摄入了大量的酒精。在他小睡三个多小时后，开车驶向自己家的途中引发了这场事故。米田嫌疑人供述："没有注意到铁路断路闸落下。"但也有目击者称，该小轿车在道口前停了一下，过了一会儿才开进了轨道。

警视厅和运输省的事故调查委员会正在调查 JR 东日本的安全管理是否有问题，同时将以业务过失致死罪，追究米田嫌疑人的刑事责任。】

米田——靖史——

我拿着报纸的左手颤抖着，随即颤抖便遍布全身。

我大叫起来，护士听到后立刻飞奔过来。然后我继续放声悲鸣，主治大夫也脸色大变地跑了进来。

白色的天花板上卷起了红色的旋涡。从旋涡的中心有黑色液体向外溢出，并喷向我的全身。从头顶到指尖，我全身被黑色浸染。浓重的血腥气，滑腻腻的，任凭我怎样擦，都擦不掉脸上的黑色血液。

　　我之所以延长了住院的时间，不是因为伤势恢复得不好，而是因为精神状态不稳定。

　　米田靖史。

　　仅仅想起这个名字，我的全身就会被汗水浸得湿淋淋的。

　　报纸上提到了他的供词，也就说明这家伙还活着。这个人掠夺了一百多个人的生命，致使四百多人受伤，但却可能只被定罪为"业务过失致死罪"。

　　当时还没有"危险驾驶致人死伤罪"。在米原服刑的几年后才出台了这则法律。

　　出院后，我向 JR 公司表示了自己离职的意愿。虽然公司挽留说，即使身体不方便，也有很多工作可以做。但是我谢绝了。感谢了公司的好意，但表示自己已经不想每天看着铁轨工作了。

　　我拿到了保险、补偿款、离职补贴等一大笔钱后离开了公司。

　　打算暂时不出去工作，靠着存款生活一段时间。我持续关注着米田一案的审理情况，只是一心想着要把自己的这条命维系到明天。

　　那一年的冬天，法院做出了判决。米田因业务过失致死罪，被判处最重的五年有期徒刑。但也仅仅是五年而已，杀了一百多人，只判五年而已。

　　检方也曾一度想以电车翻倒致死罪，追究他的刑事责任，但没有证据能证明被告是故意而为之，而且在事故发生后测定的酒精浓度也在标准值之下，最终诉讼方与被告方只能在业务过失致死罪上进行争辩。大概被告方的律师也对业务过失致死罪感到满意，所以在公审的时候几乎都没怎么争辩。

五年有期徒刑的判决。虽然就检察官给出的量刑意见而言，这已经是最大限度的量刑了，但事实上远远无法令被害人和遗属们满意。

一直以来，不断有人提出在因过失导致死亡的事故中量刑太轻了，但我万万没想到这种事竟会发生在自己身上。原来是这样，原来这就是业务过失致死罪这种恶法的弊害。

我曾经多次拜访小川实春的家。当小川的家人问道"你就是那位一直到最后都在救助实春的站务员吗"的时候，我很难回答"是"，只能含蓄地点点头。一问之下，才知道她是家中的独女。已经无法表达她父母的绝望之情，但若是硬要形容的话，大概就只能用"无"这个字了。我当时见到两个人的状态既不是"生"，也不是"死"，而是如同行尸走肉一般。

只是，在他们的心中，好像仍残存着强烈明显的恨意。

"我想杀了他……亲手杀了他……"

一个被害人到底拥有几个带着如此恨意的遗属呢。父母算是两个人，如果再加上兄弟姐妹的话那就是三个人以上，如果有爷爷奶奶的话就超过了五个人。有的被害人应该还有妻儿。这次事故造成了一百多人死亡，大致一算就有三五百的死者家属，如果再加上朋友的话就能达到上千人了。总之，有这么多人都由衷地希望米田靖史可以去死。我在心中做出了一个决定——自己要亲手杀掉他，一定要杀掉他。

在第二次去法院旁听的时候，我亲眼见到了米田。这个男人长了一张令人厌恶的脸，他眯起的双眼皮看上去死皮赖脸的，而且身材肥胖。这样的身体喝了一瓶半的威士忌，然后冲进了铁路？要是他没开车，走着进入铁路被电车碾成稀巴烂就好了。到时候，米田的家人也会因 JR 提出的上亿日元赔偿而被逼得走投无路，全家人都去上吊才好。

但是，米田的车只有后半部分被电车的第一节车厢撞烂了。前半部分仅仅被向前拖了五十米。米田自己胸部和头部骨折，但却没有危及生命。在法院开庭审理的时候，他的伤就已经完全好了。

明明有上百人因他而丧命。

明明实春已经再也回不来了。

明明我因此永远失去了右胳膊的小臂。

我离职后就搬离了 JR 的职员宿舍，之后就过着居无定所的日子。基本上没有地方愿意雇我这样的废人，最终只能靠着存款勉强度日。

我觉得自己之所以苟活于世，全都是对米田的憎恨在支撑着我。我想让这家伙下地狱，这可以说是我内心唯一的愿望。

但是，我却不知道具体应该怎样做。

为了搜集信息，我整天泡在网吧里。在车站上班的时候，自己都没怎么操作过电脑，但接触之后才发现，电脑竟如此有趣。先不说在信息搜集方面的作用，至少帮我打发了不少时间。

我在网吧经常会忘记时间，很多次都被收取了超时费。没过多久就开始选择长时间的套餐，最后几乎就住在了网吧里。虽然不值得炫耀，我想自己也赶了回潮流，成了最近常提到的"网吧难民"。

在网上可以找到各种讯息，米田的相关内容也并不算少，囊括了从他的过去到现在正在服刑的监狱情况。

米田十几岁的时候是暴走族的成员，十九岁时在学长的蛊惑下，加入了某个右翼团体。之后，那个右翼团体被大和会旗下的黑道组织吞并，他在二十五岁左右时被赶出了组织。此后他在一家中小型的借贷公司打下手，挣了些钱后就开始开酒馆和服装店。这些消息不知道有几则是真的。

但是，开庭审判之后的事整体上看可信度就很高了。有些报道的内容和我看到的法庭现场的情况极其相近，对米田着装的细节都详尽、正确地进行了描述。

我猜测这是被害人，或者是被害人家属写出来的。

这是到场旁听审理过程的被害人或被害人家属详细记下了媒体没有注意到的部分，然后放在网上，以提醒人们对这件事的关注。

还有一位自称是米田律师的朋友写的东西。

米田恶心至极，是个无可救药、丧心病狂的人。事到如今，他对被害人和遗属们并无半点歉意。不仅如此，他甚至还庆幸自己是在危险驾驶致死罪出台前犯了罪，笑着说自己五年就能出狱简直"超级幸运"——

还有其他的网页上记载着他服刑的监狱名字，以及他在监狱里如何生活，什么时候能假释出狱。所有这些内容都让我怒火中烧。

距离事故发生已经过去三年了，依旧是某一个冬日。

我不由自主地来到了传闻中米田服刑的监狱，然后惊讶地发现小川实春的父亲也站在监狱前面。

"小川先生。"

"啊，你是那位……"

小川先生回过头来，也露出了惊讶的表情。

他好像记得我。

"……好久不见。"

"是啊，好久不见了。自那之后你过得怎么样？'被害人和死者家属委员会'曾多次想要联系你，但却不知道你的联系方式。"

我为此简单地道了歉，但小川先生好像还有话要说的样子。他问我要不要回车站附近一起喝点热饮，我犹豫了一下最终还是答应了。我们走到了车站，进了一家在东京都内是绝不会想要进去的土里土气的咖啡店，坐在了靠窗的位子上。两个人各自点了杯咖啡，又彼此客套了一番，多少都有些不好意思。

"自米田的审判结束后，咱们就没见过面吧。"在这样的开场白中，我们各自聊起了近况。

"实春死了之后，那一段时间里我什么都不想做……所幸公司对我很有耐心，后来总算开始上班了，可还是无法像以前那样……你过得怎么样？"

我半开玩笑地说，现在自己没有工作，就是个传说中的"网吧难民"。他并没有笑，只是对我说如果我愿意的话，或许可以帮忙介绍工作。但是，我郑重地谢绝了。如果我还想工作的话，当初就不会离开JR了。

"我不行的……很多东西都让我觉得害怕。"

"比如说？"

"首先，我害怕电车，坐不了。今天来这里也是勉强着只换乘公交车。可是也并不是说坐公交车就完全没问题……然后，还有铁道……虽然没到无法通过的地步，但还是会很害怕。还有，狭窄的地方也让我感到恐惧。就像是那天案发现场的那种，左右两侧是水泥墙的……所以，我害怕走小路。还有像警察岗亭那样的小建筑物也让我害怕。总会不由得担心会不会突然塌下来……"

但是，其实我并不仅仅是因为右臂致残才会害怕这些东西，而是因为本来应该位于右臂前方的那个我想守护的存在，已经只剩下微弱的热度，灰飞烟灭了。至今回想起那一幕，仍让我惊恐万分。

而且，只要开始回忆就停不下来。到处都开始卷起红色的漩涡，黑色的液体从漩涡的中心不断涌出，像煤焦油一般又沉又黏，包裹着我的四肢，使我动弹不得。用力拼命拉扯的话，最终是可以扯断的，只不过断掉的却是实春的手腕。本来已经失去了的右臂握着实春的一只手腕，走在铁道旁边。然后，天摇地动，轰鸣声不断响起，电车一辆接着一辆地横着倒了下去。黑色的液体再次从电车下方渗漏出来，慢慢地覆盖了整个地面。有一个就站在前面。

是个穿着花哨衬衫的胖子——米田。

我要杀了你——我一边大叫着，一边想要冲过去。实际上双腿动了起来，距离也逐渐在缩短。我用本来应该已经失去了的右手握着菜刀。可是如果不再走近一点就砍不到他。必须要更靠近才能杀了他。虽然这样想着，但却怎么也接近不了他。

跑着跑着，脚下一滑我一屁股坐在了地上。我拼命地想站起身，但手也在打滑。终于，我的全身再次变成了黑色。而且很热。热、热、全身都很热——

"……你没事吧？"

这句话突然把我拉回了现实。

"啊，呃，没事。"

我问小川先生自己刚才怎么了，有没有说些什么。

"没有，你只是……小声地说好热、好热。"

还好没有大声地喊出来。

小川先生担心地看着我。我感觉时间不多了，应该尽可能地向他打听一些有用的消息。

我问的第一个问题，就是米田是否真的在那家监狱里。小川先生斩钉截铁地做出了肯定的回答。

"我们'被害人和死者家属委员会'收集了大量米田的信息。包括他出狱后可能会投奔的父母、亲戚、朋友，可能会去的地方和店铺。当然，也在密切关注着他出狱的时间……你知道吗，他在民事审判中也败诉了，出狱后需要赔偿包括赔偿金和精神损失费在内的八亿六千万日元。"

刹那间，我突然产生了一种仿佛踩空了梯子似的悬浮感。"被害人和死者家属委员会"是不是希望米田能尽量活得久一点，哪怕能从他身上多刮出一块钱。这里面有多少人打算靠着米田赔付的赔偿金和精神损失费治病、生活的呢？

但实际上好像也并非如此。

"……要是他能因为生病或是别的什么原因死了那该有多好。那样一来，他投的保险就可以通过他的父母转交给家属会……我们家倒是没指望着这些钱，但有很多家庭失去了维系一家人生计的一家之主，还有不少人的伤势很重，已经无法继续工作。我很想对他说，你应该以死来对这些家庭和伤者谢罪……啊，不过自杀好像就无法索赔了。"

我马上问：

"如果杀了他呢？"

小川先生苦笑着回答：

"如果是死者家属或者是案件的相关人员杀了他，可能就无法领到保险金了。"

此后，我仿佛着魔了一般整日思考如何能杀掉米田。

我可以通过小川先生得知米田何时出狱。也应该能知道他出狱后会住在哪里。最方便的是，自己居无定所，身份不明。只要不是以现行犯的身份被逮捕，自己这不清不楚的身份就可以成为武器。这时我才意识到，自己这些日子以来的生活就是以此为目的。

当我思考杀害米田的方法时，觉得自己可以自由地穿梭在世界的正反面之间、社会的向阳面与阴暗面之间。

米田终于出狱了。到最后他的假释申请也没有获得批准，五年刑满后才出狱。出狱后他住在茨城。他被要求每个月出席一次"被害人和死者家属委员会"的会议，这是为了协商赔偿金和精神抚慰金如何支付，但米田却对此不予理会。遗属会理所当然地对米田的态度表现出强烈的不满。

给他工作的地方打电话，去他的住所找人，即使他换了工作搬了家，遗属会也一定要查到米田的下落，然后再继续打电话、上门找人。

纵使像米田这样的无赖也对遗属会的执着束手无策了。

在他出狱半年后，第一次参加了遗属会的会议。但是，米田在会上却要无赖，表示自己根本付不起这些钱。

如果不参加会议就会受到电话的轰炸，所以米田只得百般不情愿地每次都来参会。但无赖的态度却从来没变过，遗属会的愤怒越来越强烈。

米田参加完会议后的行踪都是固定的。

他没有车也没驾照，而且也没有多余的钱，每次都在附近的车站搭乘电车。这个车站就是包括实春在内的很多被害人曾经使用的，也曾是我工作过的地方。这个无耻的米田，竟然敢从这里出发，然后坐上自己曾经弄翻过的 JR 某线。不知该不该说他幸运，米田离开后仍在继续讨论的遗属会成员们并不知道这件事。

这是个好时机，我想。

结合着米田参加的第四次会议，我制造了不在场证明，埋伏在他每次回程路上。在快到车站的时候，我打通了他的电话。我使用的是在秋叶原购买的机主不明的手机号。

我对米田说，我知道"被害人和死者家属委员会"的会员小川先生的秘密，如果他知道了这个秘密，以后就能避免受到遗属会的纠缠了。米田有些怀疑，问我有什么目的，说自己没钱可以给我。

我告诉他，我并不是为了钱，只是有点小事需要他帮忙，所以希望能见个面聊一聊。

米田上套了。按照我的指示，沿着铁轨沿线的一条路走向了事故发生的岔口。

接下来的事情就简单了。

我站在他的正面，装出和他说话的样子。谨慎地确认过四下无人后，用准备好的厚刃菜刀刺进了他的心脏。确认他已经死亡后，我拔出菜刀，用成人纸尿裤和胶带把血止住。背着他的尸体走进铁轨，放到天桥的下方。对失去右手的我来说，恐怕这种方法是最合适的了。

然后，我把尸体纵向放在上行线的内侧铁轨上。当电车驶过这个位置的时候，尸体从头到屁股就会被碾成两半。

放好尸体后我马上离开。电车时刻表就清晰地印在我的脑袋里，距下一班电车驶来还有两分钟左右。

远方隐约可见灯光，是上行电车的前照灯。声音也逐渐清晰了起来。电车不知情地晃荡着车身，踏铁轨而来——

终于，前照灯释放的光环侵入现场，并逐渐扩散开来。在把周围染成一片白色的同时，以不可阻挡的速度逼近。

米田黑色的头、浑圆的双肩和后背、肥胖的四肢在灯光中浮现出来。这时电车鸣响了警笛，发出了刺耳的声音。

我从没目睹过电车撞人的事故，但却被迫听别人说过几次。

据说电车的铁轮子和铁轨咬合的部分会把肉和骨头碾到渣都不剩。也就是说，只要车轮碾过刀痕的位置，就查不出这尸体的直接死因了。再加上没被碾过的部分也会流很多血。因此，听说就连专家也很难辨别出碾过之前这个人是死是活。

米田的尸体很快就会变成竹夹鱼干一样，身体的纵轴中心部分有十多厘米会被压扁，分成了左右对称的两半。

已经来不及停下，电车马上就要驶过了。

现场被光环吞噬。

在光晕中，米田那漆黑的身影变得雪白。

警笛响彻耳朵和大脑。

列车几乎没能放慢速度，就从米田的脑袋上碾轧过去。与此同时，我还看见他的四肢抖了一抖，然后马上就被车轧过，之后怎样就不清楚了。

从天桥上已经什么都看不到了。

我走到了坡道中途的月极停车场，偷偷隔着草丛和铁网观察现场。这时，电车也停了下来。神奇的是，停在米田尸体上的刚好是第四节车厢。

电车驾驶员拿着手电跑了过去。没想到的是他比较冷静，用手电照到已经一分为二的米田后，也只是一副"这可麻烦了"的反应。

虽然我还想再欣赏一下，但再待下去自己被抓到可就得不偿失了。所以只好选择先离开现场。

看到第二天的晨报着实让人愉悦。

【**线电车倾覆事故的米田靖史在同一现场被碾死】

【脱轨事故犯人在服刑后选择自杀？】

【凶手在事故现场被碾死　无处索赔的遗属】

报道的内容就更令人愉悦了。

【十六日晚十一点半左右，在东京都北区，纵跨 JR** 线铁轨的男子被电车碾轧。死者米田靖史（四十七岁），七年前在同一地点引发电车翻车事故，被判处五年有期徒刑，服刑期满后于十个月前出狱。尸体已被碾成两半，损伤十分严重。警视厅和王子警署将从自杀和他杀两方面进行侦查。】

之后，报纸就没再对此事有大规模的报道，但在部分周刊杂志的报道中将怀疑的矛头指向"被害人和死者家属委员会"。但警方经调查发现，该委员会的所有人都有不在场证明。于是这些周刊杂志又纷纷在杂志上刊登了道歉的文章。

过了半个多月，我联系小川先生，向他了解了一下情况。据他所说，被害人和遗属们对米田事件的看法不一，大致可以分为两派，一派是为了米田的死拍手称快，而另一派则因为自己受到牵连要被警察怀疑而感到生气，比例上这两派刚好各占一半。

"……死得好啊，我觉得这是毋庸置疑的事。没有任何一个人希望他能活着。就连他的父母都说他死了就不会祸害社会了。多亏他死了，保险金的理赔也有着落了……不过，还得取决于警方如何结案。"

我还问了一下警方的侦查情况。

"好像进展得很不顺利。因为没有目击者。你也知道，那天我们开完会就一起去喝酒了，所以店家可以为我们做证。警方也曾觉得我们是在互相包庇，但很快就排除了我们的嫌疑。这时机赶得太巧了。如果要真是他杀的话，那可真得谢谢这位凶手。"

听到这些我就已经很满意了。于是，和他道了个别就挂断了电话。

又过了一周左右。

当我坐在平时的隔间里上网的时候，听到有人来敲门。转头一看，隔板上方露出了一张女人的脸。可能她正踮着脚，看起来个子特别高。

"请问你是德山和孝先生吗？"

我回答说是，在那张脸的旁边出现了一个证件夹似的东西，是警员证。

"……有点事情想请教一下，不知现在是否方便？"

我很奇怪她怎么知道我在这里，但却没敢问出口。

我站起身后，女人把隔间的门口让了出来。原来她并没有踮着脚，个子是真的很高。即使不算高跟鞋也要将近一米七了。

我率先走出网吧，走到室外才发现，原来刚刚到傍晚时分。我看了眼对面回转寿司店的表显示的是四点。今年的"秋老虎"真厉害，只是站着就能让人汗如雨下。

"去那家咖啡店可以吗？"

那个女人却是一副很凉爽的样子。

"……好。"

我们走进一家大型连锁咖啡店。

坐在靠窗的位置上，桌上并排摆着两杯我们点的冰咖啡。

她把名片递到咖啡旁边。

"我叫姬川。"

名片上写着警视厅刑事部搜查一课，主任。等级是警部补。没想到她看上去很年轻，却十分优秀。这就是所谓的精英吗？

她的面庞，应该算是五官端正的那一种，特别让我惊讶的是她左右两只眼睛的大小是相同的。面部轮廓也没有什么严重的偏差。那么，耳朵怎么样呢？这点我很是在意，但遗憾的是被她的中长发挡住了，看不清楚。

"我的脸有什么问题吗？"

她大概是误以为我看她这个美女看得都呆了。误会就误会吧，反正我也无所谓。

"不，没事。"

"是吗，那么就快点……"

她开门见山地问道：

"六年前发生的电车倾覆事故的始作俑者米田靖史被人杀害了。请问你当时在哪里，在做些什么？有人可以给你做证吗？"

我在刚才的网吧里，让店员出示一下结账的记录就能确认了吧。会员号是这个，一四六二。

"……米田是被人杀害的吗？"

她听后微微歪着头，深色口红勾勒出的嘴唇露出浅浅的笑容。

"咦……我刚才说他是他杀了吗？"

"是的，你说了。"

"对不起，我忘记了。"

她并没有说警方在从自杀和他杀两个方向侦查。她含着吸管，慢慢吸了一口。

然后，她点点头，把那一口咖啡咽进了喉咙里。薄薄的肌肤下面，喉头轻轻地上下一动。

"……得知米田的死，你是怎么想的？"

"哦，死了啊——就这样想的。"

"有没有觉得心里很痛快？"

此处应该点头吗？点头会不会就糟了？

"嗯，是有一点……毕竟他是导致我变残疾的罪魁祸首。"

我举起光秃秃的右手肘给她看。

"是啊，毕竟有一百多人在那场事故中丧生。我听说过不少关于米田的负面消息，虽然他死得很惨，但我觉得也算是死有余辜了……平心而论，我想这是他受到了惩罚。"

我默默地点头。

"你是不是如释重负了呢？"

她刚才已经问过我是不是觉得痛快了。这两个问题的意思有什么不同吗？

"嗯……是啊。"

"在同一个地方，而且是被电车碾过。对被害人来说，没有比这种更令人畅快的死法了。"

"你想说什么呢？"

"你觉得畅快吗？"

"什么畅快？"

她竖起右手做出参拜的姿势，像是在切东西一样，在平放着的左手背上滑过。从手腕切向指尖。这好像是碾断的意思。

"……对这种死法。"

"怎么死的都无所谓啦。"

"怎么会呢？他既没选择吃安眠药不痛苦地死去，也没有在无人知晓的深山里悄悄地吊死，偏偏选择了那个地方、那种死法，这当中还是含有某种意义的吧。"

她用双手重复了几次碾断的动作。

如果我这时再继续反驳下去的话，反而会受到她的怀疑吧。适当地顺着她说下去应该会更自然一些。

"像那种晒鱼干似的死状……怎么说呢，有点可笑……反正死得挺狼狈的。说实话，我的确觉得他死得好……"

"是吧。"

说完，她一口气喝完了剩下的冰咖啡。

第二天的夜里，在天桥上她叫住了我。

怎么会知道我在这里呢？听到我这样问，她用力地晃动着栏杆上的铁网，这样回答道：

"……我想如果我是凶手的话，在这样的夜里应该会非常想去现场看一看……"

一拍一拍的心跳，就像是爆炸声一样在我的体内轰鸣。

如果我是凶手的话，在这样的夜里应该会非常想去现场看一看？也就是说，这个女人认为，来到这里看看的我正是凶手吗——

"……请问这是，什么意思？"

她抓着铁网瞥了我一眼。

"我的意思是说，杀害米田的凶手就是你，德山和孝先生。"

我产生了一种幻觉，如同失去了右前臂肘一样，感觉自己双膝以下都消失了。

"无聊……你有什么证据？"

"证据？因为你根本就没有不在场证明。"

骗人。那天晚上我让佐藤先生用我的会员证进了网吧，然后让他一直待在我平时坐的隔间里，反正店员记不清客人的长相和会员号码——

"关于替身的事，我们已经确认过监控录像了。那天晚上用你的会员证进网吧的不是你，而是佐藤阳介先生吧？"

怎么可能，不会——

"你在说什么胡话……那家店根本就没有监控器。"

"是啊，那家网吧的确是没有监控。可是旁边的旅行代理店的摄像头照的可是很清楚呢。摄像头拍到了晚上九点五十七分，有人拿着你的会员证进了网吧。我们看过此前三十分钟的录像，那个时间段通过走廊的只有一个人，就是佐藤阳介。刚才，我已经向他本人确认过了。他说你让他用你的会员证进场，答应帮他付一晚上的网费。"

但是——

"尽管如此，也并不能证明是我杀了米田。"

"没错，不在场证明和杀人是两回事。但是你昨天对我说过吧，米田的死状就像晒鱼干一样……这一点你是从哪里看到的呢？"

我听不懂她的意思——

"还能是哪、哪里呢……在报纸上啊。"

"报纸上并没有刊登照片。"

"不对，是在文章里……报道中是这样写的。"

"咦，那就奇怪了。昨天和你见面后，我再次确认了一遍事件发生后出版的所有报纸和杂志，和与米田死亡有关的报道。这些新闻上只提到了'一分为二'，并没有写'左右对称地碾轧'。"

说谎，怎么可能呢——

"不，我看到过呀，真的看到过，好像是在哪一本周刊杂志上——"

"我跟你说，这是不可能的。因为警察从来没有向媒体发布过尸体是从头到屁股被碾成两半的。而且还是我亲自下的指令。"

不——

"看到被碾成两半的尸体时，我就在想，这可能是对左右对称、对称美学异常执着的人犯下的罪行。说句失礼的话，昨天当你把那个手腕伸给我看的时候，我就已经确信……凶手就是这个人。"

地面离自己越来越近。我控制不住弯下的膝盖，拼命用左手撑地，支撑着自己的上半身。

女人的鞋子，是深褐色的船鞋，鞋跟并不高。

"……老实说，米田是那样的人，我并不是没有想过放你一马。可是，昨天你不小心说出'鱼干'什么的，就算我今天放过你了，之后别人也绝对会逮捕你的。刑警其实都没那么笨……如果下次你再被别人抓到，我就有麻烦了。我的上司就会批评我，明明向你问过话为什么看不出来你是犯人呢。所以，对不起了，我要逮捕你。将你……逮捕。"

她在我面前蹲了下来，我闻到了一种女性的温柔气息。手铐铐在了我的左手手腕上。

这时我才突然意识到，周围数名像是刑警的男人聚集了过来。还有人从天桥的对面走了过来。总共约有十个人。

我终于如梦初醒。

"……其实我们能在此见面不是偶然，从网吧你就开始跟上我了吧。"

女人吐了吐舌头。

"嘿嘿，被你发现了……没错，我说'如果我是凶手的话，在这样的夜里应该会非常想去现场看一看'，这其实……是骗你的。抱歉，只是想装个酷而已。"

奇怪的是，我并不觉得生气。

我也一起笑了起来。

然后感觉，心情稍微放松了一些。

如果只看左侧

渡边繁到底是谁？

被害人吉原秀一的手机通讯录里只有一个姓渡边的人。但是因为这个人有嫌疑，所以反而不能直接给他打电话。贸然与可能是凶手的人接触并非上策。

姬川玲子带领地方警署的年轻刑警，开始对手机通讯录上的名单展开侦查。

首先是"A行"的第一个人，青木申介（aoki-shinsuke）。见面地点约在了水道桥，场外马票站"必胜后乐园"旁边的家庭餐厅里。

玲子走进餐厅后，拨通了通讯录中的手机号，等候区响起了来电铃声。

"啊……哦……"

不远处的一个男人开始慌张地摸索口袋。他穿着一件带有金属光泽的蓝色棒球夹克，戴着黑色墨镜。头发用发蜡之类的东西梳得服服帖帖。年龄大约不到五十的样子。玲子很讨厌这一类型的男人。

玲子挂断了电话，走到男人面前。

"请问是青木伸介先生吗？"

男人摘掉墨镜，看了看已经安静了的手机，又瞧了瞧玲子。

"啊，是的……嗯，是我是我，我就是青木伸介。"

说完开始重新用肆无忌惮的目光打量着玲子。从脚看到腰，在胸部附近停了一下后，从肩部开始目光仿佛把玲子的头发舔舐了一遍，最后落到了脸上。他凝视着玲子的嘴唇，再次开口说道：

"……噢，还以为你只是声音好听呢……这下可开了眼了。原来还有像你这么漂亮的刑警啊。"

玲子一点都不高兴被这种老旧昭和时代的浪荡子似的男人夸奖，但毕竟是自己有话要问对方，所以不能表现得太冷酷。

"谢谢……青木先生，你抽烟吗？"

不出玲子所料，他是抽烟的。于是玲子请服务员为他们准备吸烟区的座位。

等了一两分钟之后，他们被带到了里面靠墙的位置上。

面对面坐下后，玲子再次欠了欠身。

"你好，我是警视厅搜查一课的姬川。"

"我是高岛平警署的相乐。"

这位相乐康江巡查长比玲子小五岁，上个月好像刚刚到二十五岁。

"啊，你们好……我是青木。"

玲子二人没把名片递给他，只是给他看了一眼警员证。

女服务员送水过来。

"青木先生，你喝点什么？"

"那就来杯热咖啡吧。"

点了三杯热咖啡后，玲子开门见山地说：

"那咱们就开始吧。青木先生认识一个叫吉原秀一的人吧？"

"嗯？吉原……"

看他一脸困惑的样子，玲子拿出了被害人的照片。照片上是一个头发稀薄，长着一张和善的圆脸，仿佛随处可见的中年男子。

"啊，原来是秀哥啊。知道知道……哎，真怀念啊。他过的还好吗？"

当刑警来询问认不认识一个人的时候，这个人怎么会过得好呢。

"很遗憾，吉原秀一先生已经去世了。"

他还是第一次露出惊愕的神情。

"啊，怎么回事……"

这种表情，这种声音，绝对不像是在演戏。玲子目前对这个人的印象，可以说是"清白"的。

"这样说你可能很难接受……请你了解，我们现在正在进行杀人案件的调查。"

他那玩世不恭的样子立刻就老实了起来。

"啊，是吗……这可真是不得了的事。"

服务员端来了咖啡。青木往咖啡里放了两勺糖和一点牛奶，搅拌两三回后，喝了一小口。

"……这样啊，秀哥被人杀了啊。"

"是的。"

"为什么呢？"

"我们现在也在调查原因。"

"嗯……说的也是。什么时候的事？"

"二月十五日，也就是前天晚上。"

"是吗。"

青木又叹了口气，垂下了眼睛。

"……冒昧问一句，那天晚上你在哪里，做了什么？"

他愣了一下，随即轻轻地点点头。在他迄今为止的人生中，至少应该有过一次被警察怀疑的经验。当被问到不在场证明的时候，他几乎都没有露出动摇的神情。

"前天晚上，我在那边的……白山大道对面的牛排店里……我在那里当厨师，所以当时正在厨房里上班呢。你们尽管随便问店长或者服务员，完全没问题。我已经习惯这种事了……下班后还和几个人一起去喝酒，有个孩子不干了，我们等于开了个送别会……嗯。"

这时玲子觉得这个男人并没有撒谎，没什么理由，只是凭着感觉。

正因如此，她才想要多问这个男人一些事。

"请问你和吉原先生是什么关系呢？"

"怎么说呢……就是赛马呀，赛马。在那边的马票站，秀哥借给了我一根红笔，所以就这么认识了。"

"这是什么时候的事呢？"

"嗯，大概是两年前吧……我们年龄也比较相近。碰到过几次之后就熟识了起来，互相交换了手机号……有时就算没在赛马场见面，在赢了大钱的日子也会把对方叫出来一起喝酒。他这个人挺好相处的……"

当然，玲子不会知道生前的吉原秀一是什么样的人。并不清楚实际上他的为人怎样，但照片上留给玲子的印象，的确是很好相处的感觉。

"你知道吉原先生的工作是什么吗？"

"啊，他有特异功能。"

这其实完全是个误会。而且，会特异功能也不算是项职业。

"不，他是变魔术的……就是魔术师。"

"不是，那是伪装成魔术的特异功能。"

不行，这个人完全被骗了。

"看来他的魔术很厉害呢。"

"是啊，他非常厉害。我开玩笑说让他把这支笔浮起来给我看，结果笔就真的从桌子上浮起来了。太厉害了，那是真正的特异功能……不过，他是这方面的专业人士，能做到这些也是理所当然的。"

没错，吉原秀一是专业的魔术师，也从属于相关的经纪公司。玲子本身并不相信特异功能、通灵能力的存在，乃至外星人和幽灵她也通通都不信。

"你去看过吉原先生的表演吗？"

"表演……没看过呢。"

"那么你和吉原先生的关系仅限于在这个马票站相遇，偶尔一起吃饭喝酒，是吗？"

"被你这么一总结，好像还挺疏远似的……不过，我们的确就是这种关系，差不多就是这样吧。"

玲子已经大致明白了他们的关系。

她从书包里拿出一张纸并摊开。

"能不能请你看一下这个？"

这是吉原手机里通讯录的名单，只不过号码地方都被涂黑了。

"这些罗列出的名字里，有你认识的人吗？"

青木皱着眉，注视着这份名单。

自己的名字就在第一个的位置，所以他应该马上就反应出这份是什么名单。他挨个看着这些名字，视线一点一点地往下移动。

"嗯——"

中间停顿了一下，但大概是看错了，他的视线马上又动了起来。

看完最后的"渡边繁"，他摇了摇头。

"这里面没有，我都不认识。"

玲子还不死心地指着最后一行问道：

"这位渡边繁……也不认识吗？"

他又摇了摇头。

"不知道啊。其实我和秀哥之间没有共同的朋友。偶尔我和店里的同事去喝酒的时候也会叫上他……我的那个同事叫小弘，是我的晚辈。但后来他们应该就没有来往了吧。这里面也没有他的号码。没有谷口宏……的电话吧？"

名单上的确没有谷口宏。

总之，在青木伸介这里算是空挥了一棒。

吉原秀一被杀事件发生在东京都板桥区的高岛平署辖区内。

当玲子一行人，也就是刑事部调查一课杀人案调查班十系"姬川班"的五名成员到达高岛平警署时，侦查员们已经全部外出侦查，分局里一个侦查员都也没有了。

他们走进四层的讲堂，屋内已经摆好了会议桌，上座的位置上干部们已经到齐。

搜查一课管理官桥爪警视、同课杀人案调查班十系系长今泉春男警部，坐在旁边的两位应该是高岛平署的副署长和刑事组织犯罪对策课课长吧。

今泉指着玲子说道：

"坐下吧，这就告诉你案子的情况。"

"是。"

也没有其他人要来了，所以玲子他们就坐在了上座的正前方。

今泉站在白板前面说道：

"昨天晚上，二月十五日周二，晚上十点半左右，板桥区德丸一丁目、二十三之◎，宫岛庄二层的六号室里，有人发现该房间的房客四十八岁的吉原秀一遭到杀害。最先发现他的是住在旁边五号室的公司职员田山敦志，四十二岁。田山下班回来时，发现六号室的大门是开着的，他觉得很奇怪，往室内一看，发现了尸体。死亡时间推测约在晚上九点左右，死者的职业是魔术师，这个问题一会儿再说。"

身后不知谁嘟囔了一句，少见的职业啊。

"死因是胸部、腹部和后背总共被刺了九处，导致外伤性休克死亡。其中有一刀刺进了心脏，这应该是致命伤。案发现场是这样的——"

今泉指着事先在白板上画好的图说：

"十平方米大小的房间，壁橱大概有不到两平方米的样子，还有四

129

平方米左右的厨房和卫浴一体的厕所。被害人就趴倒在这个刚进玄关的位置。从飞溅的血迹位置来看，被害人先被站在门口的凶手刺中三刀在腹部，一刀在胸部，然后他想转身逃跑，却趴倒在地上。凶手又骑到他的腰上，连刺后背五刀。"

凶手的作案手法很残忍，但并不能因此就认定他是个残暴的人。反而有可能是胆小的人，不知道到底有没有杀死对方，才会反复地出手。恐怕这样的分析才比较接近真实的凶手形象。

"厨房地上、玄关入口的水泥地、门外的楼道和楼梯上都采集到了脚印，应该是凶手留下的。另外，玄关鞋柜上发现了三种指纹，既不是被害人的，也不是田山的，现在正在分析比对。"

根据目前的情况来看，不得不说凶手的作案手法很外行。因为这三种指纹中的其中一个很有可能就是凶手留下的。

然后……这里。"

今泉再次指着图说。在离表示被害人倒地位置的人形图案很近的前方，有一个小小的方形。正好位于厨房和十平方米房间的交接位置。

"被害人的手机就掉在这里。手机中输入的号码是045、666。这是神奈川县横滨市中区那边的号码。"

待今泉转过头的时候，玲子举起了手。

"……什么事？"

"那个手机是什么机型？"

今泉把自己拿着的资料直接给玲子看。

"是这种。"

一个塑料袋里贴着证物的实物照片。是常见那种银色折叠式手机，应该是比较旧的机型。

"手机是打开的？"

"是的，打开着掉到地上的。"

"那个横滨市中区的号码是他什么时候输入的？"

"什么时候？"

"是在他被刺前还是被刺后呢？"

他站在玲子面前翻了翻资料。

"……不知道。如果你在意这点的话，一会儿我找鉴定人员确认一下。"

"那就拜托了……还有手机的通讯录里有没有存横滨市中区的号码？"

"这个……"

今泉又开始翻阅资料。

"……没有。如果通讯录里有这个号码的话，他应该会直接找出来再打吧。"

的确如此。

"是的。"

也就是说，是否可以推测为吉原秀一正在直接输入号码，给横滨市中区的某地打电话的时候受到了袭击，被刺伤后倒地，然后手一松手机就掉在了一旁。还是说他是被刺之后想要呼救才——不对，如果他想求助的话，一般都会叫救护车。因为高岛平在东京都内的位置距离神奈川县很远，被刺后向远在横滨市中区的朋友求助，这不太现实。

所以说，电话号码是在遇刺前输入的吗？

傍晚六点，附近分局前来支援的人员也到了。晚上七点左右，等高岛平署的侦查员回来后，召开了第一次侦查会议，一共有四十几人参加。

在会上发表的报告中，有两点内容是玲子比较在意的。

首先是目击证词。

附近居民遛狗时，在案发现场附近的公园厕所的洗手台前，看到了一名矮小的中年男子正在洗像衣服一样的东西，时间是晚上十一点左右。这名男子花白的短发，但并没有谢顶。侧脸和手腕晒得很黑，穿着运动跨栏背心，肩膀处却格外地白。长脸，下巴中间有条凹陷，好像是个圆鼻头——

在二月如此寒冷的夜里，上半身只穿着背心，当然会给人留下很深的印象。所以，这一证词的可信度还是很高的。

明天，鉴定人员就会去公园的厕所里搜查。

另一点是被害人所属的名为野村企划的经纪公司里，大家都私下像煞有介事地传言说，被害人吉原秀一其实真的有特异功能。

他的表演，乍一看像是魔术，比如，让五百日元硬币在横倒的玻璃杯中浮起来，把绳子扔上天就可以把结解开，或者是打个结。

但是，据说很多魔术师同事都对他的魔术产生过质疑。

他的魔术中没有机关，从物理、科学上看都是不可能实现的。怎么回事，那是怎么做到的，太奇怪了——

当然，他也有可能天生就是创意高手，还是开辟魔术新时代的天才。只是他几乎不会也不知道最基本的扑克牌、绳子和硬币的相关魔术。只有几个自己原创的魔术堪称完美，从来不会失败，而且就连同行们也都看不出魔术里的机关。

不知不觉，传言四起。

吉原一定有特异功能——

反正，玲子是绝对不会相信这种事的。

第二天早上的会议中，公布了今后的侦查方案和分组结果。

侦查分为四部分：案发现场周边的调查取证、调查与被害人有关系的人、对证物展开调查、负责搜查证据的特别组。

玲子被分配调查与被害人有关系的人，主要负责被害人在工作之外的交友关系。具体说来，就是调查手机里通讯录上的人，其实也可以说目前就只有这么点线索。

这次的搭档，是高岛平署刑事组犯罪对策课重案搜查组的相乐巡查长。她身材有些矮胖，比起合气道来更像是练柔道的，长得虽算不上可爱，但还是挺招人喜欢的。

"我是相乐康江，请多关照。"

"我是姬川，请多关照。"

玲子带着她迅速赶向总部的联络处。位于上座右手边的摆着很多如电话、传真等情报类机器的一个角落。

联络员把今天早上拿到的手机通讯录名单交给玲子。

"不好意思，应该有这份文档的数据文件吧，能不能帮我拷到这张卡上？"

这张小型记忆卡可以和玲子手机的记忆卡互换。

"好的，马上……"

联络员慌张地找了一会儿，还是从他设置的电脑中找到了通讯录的数据文件，复制到玲子给他的记忆卡上。

"谢谢。"

玲子拿过记忆卡迅速插进了自己的手机里。这样一来，不用一一输入电话号码，就能直接给想找的人打电话了。旁边的相乐也恍然大悟地点点头。

玲子一边看纸上的人名单，一边试着看手机能不能顺利读取姓氏下存的号码。青木伸介、青木、伸介——没问题。屏幕上显示出了电话号码。以防万一再试一次，这次输入最后一个人的名字吧。

渡边繁。渡边、繁——

吉原秀一这个男人，朋友真的不多。

在所属的经纪公司里，没有私底下和他走得近的同事。手机通讯录里的那些人也几乎都不了解他的近况。

通讯录里总共有五十三人。按照刑警必须面谈的人数来说并不算少，但他手机通讯录里总共就这五十三个人，这应该算是相当少了吧。

玲子一行人以一天四五条的速度消化着这份人名单。"a"打头的人数格外多，用时三天才面谈完。

阿部淳司（abejyunji）、安藤祥子（andosyoko）、池田广（ikedahiroshi）、石川一树（ishikawakazuki）、石黑宏治（ishigurokouji）……

当然，其中也有见不到面的人。有的人住在其他县市、有的已经换了号码。如果按照名单查到最后侦查都不见进展的话，也许还需要去找这些人，现在就暂且先略过这部分。如果能联系上住在其他县市的人的话，就问一下他们最近和被害人是否联系过、认不认识渡边繁这个人。

终于弄完了"a 行"和"ka 行"，从侦查的第五天起开始了"sa 行"的面谈。

第一个人是齐藤晴彦（saitoharuhiro），住在埼玉县，是被害人的舅舅。这个号码不是手机，而是固定座机。玲子他们亲自去了埼玉县，但齐藤说最近都没和被害人联系，结果他们又空挥了一棒。不过，据对方说被害人从小手就很灵巧，擅长变魔术，这个信息说不好能不能算是收获。

但是，到了"sa 行"的第二个人，终于打出了一记安打。

住在东京都北区，五十三岁的建筑工人佐藤武南（satotakeo）在电话中说的话，让玲子高兴得飞起。

"我和他很熟啊。十年前左右，我们经常在工地上待在一起。不久前，我还偶然看了他的表演。当时很惊讶地和他打招呼，还说起很怀念以前的日子。"

玲子立刻约他见面详谈，定于二十二日周二的晚上八点，在新大久保的居酒屋。

当天，佐藤比约定的时间晚到了十分钟。他晒得黝黑，健壮的体型看上去就很擅长体力劳动。他的头发剃得非常短，这发型在工地大概只需用水冲一下，都不需要洗发水什么的。

"不好意思，我来晚了。我是佐藤。"

"不会，抱歉突然把你叫出来……请坐。"

玲子和相乐已经点了乌龙茶，请佐藤随便点自己喜欢的饮品。佐藤不好意思地挠了挠头说，那就要生啤吧。

"那我就开门见山了，请问你和吉原秀一具体是什么关系？你在电话里说，十年前左右你们曾在同一个工地工作是吗？"

"我想先问一下。"

佐藤坐直了身体，用非常严肃的表情来回看着玲子二人。

"……吉原秀哥出了什么事？"

没错，当警察探听与自己相识的人时，一般都会先担心这个人出了什么事。

"是的……很遗憾地告诉你……吉原秀一在板桥区的家中，被凶手用刀刺杀身亡了。"

佐藤好像并没有特别惊讶，仿佛已经猜到了一些什么。他点点头，把手中的湿巾重新卷成了圆筒状。

"原来、如此啊……既然如此，我该从何说起呢……话说，你们知道秀哥以前是木工吗？"

玲子摇了摇头说"不知道"。

"是吗，不过不知道倒也不足为奇……我和秀哥曾经在同一个施工队工作。其实木工们都是独来独往的。如果有老朋友相约，就去这边的工地干活；有人让过去帮个忙，就再去另外一个工地。我老婆的一个朋友接了个造房子的活，他就自己当工头包下了这个工地，招呼朋友过去帮忙……反正大家都是这么互相照应着。"

生啤被端了上来。玲子让相乐点几道菜，自己则继续听佐藤说下去。

"……那是几年前来着。消费税从百分之三涨到百分之五的那年。"

玲子对自己的答案也没什么自信。

"十年前？或是更早以前吧？"

"应该是吧，但其实还要早一些……就在消费税上涨之前，引发了一阵抢购热潮。就拿房子来说，那可是一辈子也许只有一次的大型消费，听闻消费税要上涨两个点，大家当然都很慌张。无论是像我们这种跑工地的木工，还是大型建筑公司，都遇到了这波抢购热潮。大家都在消费税上涨前的些许繁荣景象中激动不已。"

到这里听起来像是件好事，但佐藤的表情一直很阴郁。

"……当时，我和秀哥都自己承包了新建工程，呼朋唤友，想要大干一场。因为，对我们木工来说，能在东京都内建新房子是最令人骄傲的事。整地、拜土地爷、打桩、举行盛大的上梁仪式，屋主发给大家每人一万日元红包……那可真是个好时候。现在几乎都没有新房子可盖了，不仅如此，就连改建的工地都大幅减少了……如果没跟对好工头，就根本没活可干。"

他拿起大啤酒杯，一口气干了半杯。玲子并不厌烦别人如此畅饮，不过佐藤喝酒的样子很是悲伤，让人看了不免也跟着难受起来。

佐藤深深地吐了口气，那厚实的肩膀也随着垂了下来。

"但是……我们毕竟还称不上是企业，购买力，或者说是基础实力？总之就是经济实力不够……随着消费税上涨的日期逐渐临近，我们承包的工地购买材料越来越难了。"

这个男人到底想表达什么呢？虽然完全猜不到之后会发生什么，但玲子感到很紧张，不想漏掉一字一句。

"……我们的竞争对手就是那些大型建筑公司。他们手里有无数公寓和高楼大厦等大型工地的活。如果这些大公司没法如期完工的话，你觉得会发生什么？"

不知道，会发生什么呢？

"……客户会……啊，是违约金吗？"

佐藤噘着嘴点了点头。

"没错，尤其是这些大型建筑公司的客户也是大企业，很明显是要付巨额违约金的。而且，本来就是因为消费税要上涨，才会把各种工期都拼命地往前提，若是等到消费税上涨时还没有完工的话，即使有一部分材料的消费税上涨了，也就失去了赶工的意义，我想他们这些大公司也不太好过。"

这次，他咕噜地喝了一小口。

"……所以，大型建筑公司就会施加压力，要求各方严格遵守工期和交货期。特别是建材厂家。因为如果材料不够的话，工地自然就无法完工。地板、天花板和墙壁材料等都是如此。当然，建材厂家会优先供给大公司。最终这些不良后果全都会转嫁到我们小施工队身上。"

相乐点的烤串拼盘送了过来。

佐藤定定地看着盘子，继续说道：

"刑警小姐，你知道石膏板吗？"

说着伸出手去拿烤串。

其他的几道菜也都陆续拿了上来。

"不好意思，我不太清楚。"

"不会，不知道倒也没什么……石膏板就是把石膏凝固成板状，然后只需用纸包起来的一种建材。毕竟是石膏这种材质做成的，所以分量重，还容易断裂。我们用的是三六板，三尺乘以六尺，也就是九十一厘米乘以一百八十二厘米的石膏板。说实话，一张三六板不到五百日元，很便宜的。但是为了符合现行的建筑标准法，无论如何都必须把这种石膏板贴满墙壁和天花板。否则的话，就成了违法建筑。所以完成一个工程需要上百张那么重的石膏板。"

玲子从这里猜出了一点他接下来想说的内容。

"也就是说，这些石膏板也被……大型建筑公司？"

"没错，尤其是制造这种石膏板的厂家数量极少，有一家与反垄断法打擦边球的大厂家，还有两家小厂家。这三家供应商需要满足全国石膏板的需求量。要是其他建材的话，甚至可以找到十家制造类似产品的工厂，用其他商品来代替就来得及了，但唯独石膏板不行。一旦断货，就真的别无他法了。就连批发商也不知道下一批货什么时候能来。这种状态持续了一两个月……"

大公司笑，中小公司哭。看来，在这个行业中也能看到日本经济恶性结构的缩影。

"像我们这种木工，平时在工头手底下干活，偶尔赶上景气的时候就包下个盖新房的活，并没有稳定的建材供应渠道。最先遇到石膏板短缺问题的，就是像我和秀哥这样的个人建筑队。那时候，我开着轻型小货车，去干线铁路沿途的建材店一家一家地找。对店家说，'请把石膏板卖给我''五张或者十张都可以，拜托了''请分给我一些吧'……甚至会在店门口下跪请求。"

他一边苦笑着一边用粗壮的手指拿起了一根薯条。

"……但是，没有一家店肯卖给我，其实石膏板就堆在建材店旁边。我看到了上百张厚度九点五厘米，或者十二点五厘米的石膏板，在仓库里堆成了一座座小山。但是，却一张都不卖给我们……不过，这也是无可奈何的事，那些建材店也都有自己宝贵的老客户。那些石膏板是为了卖给店里的老客户才进的货，是已经预订出去的库存产品。当然不会卖给我们这种来历不明又搞突然袭击的人……事情就是这样的。"

佐藤将杯子中剩余的啤酒一饮而尽。

相乐问他接下来想喝点什么，他有点不好意思地回答，那就喝一样的吧。

"吃点东西吧。"

一时间，三个人都开始吃东西。但佐藤好像很有倾诉的欲望，在没人催他的情况下自己就开始继续说了下去。

"……人一旦走投无路，就不知能做出什么来。到了最后，终于有人开始偷旁边工地的石膏板。我和秀哥的工地都被偷了。前一天晚上还放在那儿的、自己低三下四费尽心思求来的仅仅十张或二十张石膏板，第二天天一亮，就全都不见了……当时我都哭出来了，觉得自己完蛋了……"

他吸溜吸溜地吃着炒乌冬面，下巴的线条很是硬朗。他那忙忙叨叨的吃相，像是想要掩饰自己刚才发的牢骚一般。

"我的情况……倒算还好。虽然延长了工期，但好歹是完工了。虽然房主以此为由跟我砍了价，但起码收到钱了……可怜的是秀哥，最终也没能按期完工，被房主好一顿数落，说自己女儿女婿还等着搬过来，没完工算是怎么回事。于是，工钱被砍掉了三分之一不说，还要求帮他们付搬家费、延期期间的租房钱，等等。秀哥人很好的，是是是地都答应了下来。还先把叫过来帮忙的工友们的工钱给结清了，对大家道歉说拖了这么久真对不起、抱歉。真的是……看着很可怜。"

玲子的脑海中浮现出照片上吉原秀一的脸。这么一说，的确感觉他长了一张软弱、老好人似的脸。

"赶上了好时候却没挣到钱不说，还欠了一屁股债。最后，他突然消失了……反正他也没有妻儿，没什么负担。"

搜查总部也确认过，吉原秀一的户籍名下的确没有结婚和离婚的记录。

"那是去年的事了。我现在在一家名为大村建设的公司上班，公司规模还可以。去年开忘年会的时候，公司找了个魔术师来表演助兴，结果竟然……"

原来如此。

"那个魔术师是……"

"嗯，就是秀哥。魔术表演结束后，我马上飞奔到后台。说是后台，其实就是个休息室。他也马上认出了我。我们互相拍着肩膀问候，好久不见了，过得怎么样？秀哥……告诉我，自那以后他经历了很多事。因酒精中毒，住了好几次院；喝醉后进工地干活，差点被圆锯锯断了手指。所以，他从心底厌烦了木工的工作……他还曾经想过自杀，觉得自己已经生无可恋了。但是，后来在拉面店还是哪里，看到电视上有人在表演魔术，他想起来自己也会魔术。于是，他就打算靠着魔术生活，进了现在的这家经纪公司。"

佐藤喝完第二杯扎啤后，沉默了一会儿。

玲子觉得他可能想到了什么，也就默默地等着他开口。

相乐又问佐藤："还想喝点什么？"佐藤要的还是啤酒。

他拿出了一根白色滤嘴的烟衔在嘴里，打火机是银色的 ZIPPO。然后，把香烟的前端凑到晃动的火苗上，重重地吸了一口。吐出的烟又白又浓，有一种甜甜的香气。

突然，他窥视着玲子的眼睛。

"那个，这只是朋友之间带有恶意的谣言罢了……我其实不应该这样说，尤其是不应该跟警察说。"

这种犹豫，这种说话时的声色。迄今为止，玲子已经见识过很多次了。

这是要吐露重大真相的预兆——

"……什么？"

她微微歪着头，仔细地聆听着对方的一字一句。

像是要捞起浮在水面上的薄膜一般，缓慢地、温柔地——

终于，佐藤像下定决心了似的点了下头。

"这个……当时发生的石膏板盗窃事件，我对此一无所知，而且也没听说有谁因此被捕了。可是，在那之后就开始出现了一些奇怪的传闻。"

不能着急。此时应该安静地等他把话说完。

"……我们主要是在北区泷野川的一家建材店进材料。差不多有十家左右的建筑公司总在那家进货……大家都互相认识，在店里见着就会站着聊上几句，现在在哪家建筑公司啦，在哪个工地干活之类的，这种地方就成了大家相互交换情报的地方了……"

玲子直视着他的眼睛，向他点了点头。

我在认真地听你说话——

玲子像是在对他的沉默做出这样的回应。

"……这些、在这些人之间有个传闻……那家建材店叫孝喜铭木，他家的老顾客当时几乎都遇到了石膏板遭窃的事。包括秀哥、我，还有其他建筑公司都被偷了。被偷的张数都不一样，不过或多或少都有损失……唯独只有一家。"

来了，玲子预感到振奋人心的真相即将浮出水面。

"那一家是——"

"是……"

来了，绝对要来了——

"……一家叫渡边建筑的公司。"

果然——

玲子身体向前探着，用力凝视着佐藤。

"那家建筑公司的老板莫非叫渡边繁吗？"

佐藤双目圆睁，倒吸了一口凉气。

相乐在腿上紧握着湿巾，时不时地斜看向玲子。

玲子一直以探向桌子的姿势，等待他的回答。

终于，佐藤的额头上渗出了汗水，点了点头说道：

"……刑警小姐，原来你已经知道了？"

不，一点儿都不知道。

回高岛平署的路上，相乐执着地追问：

"主任，这是为什么呀，你就告诉我吧。"

不，绝不告诉她。

"主任，你是怎么知道盗窃犯就是渡边繁的呢？话说回来，为什么主任一直都很在意渡边繁呢？"

乘电车时，走在车站里时，走过人行横道时，还有像现在这样走在夜晚的路上时，她都在一直问个不停。

"……直觉啦。只是直——觉而已。"

"这怎么可能嘛。"

"你这么说我就没辙了……你觉得还能有其他原因吗？"

"就是因为我不知道，才问你的嘛。"

那我也不告诉她，绝对不会告诉。

"还有什么问题吗？结果就是这么回事呀。"

"怎么会……"

佐藤武男之后又补充道：在和吉原秀一重逢的休息室里，自己也一不小心把这件事告诉了吉原。

搞建筑的朋友都在传，那个偷石膏板的小偷就是渡边。而且，有人怀疑渡边还把偷来的石膏板转手卖给稍远一点的练马区的建筑公司了，还是按普通价格的两倍卖的。

佐藤说，他一辈子也忘不了听完自己这番话后吉原的表情。

那超越所有愤怒、悲伤而产生的扭曲的笑容。

吉原秀一当着佐藤的面傻傻地笑了出来。

他目光涣散，发不出声音，只是脸颊和嘴唇抽动着，双肩颤抖，笑容阴暗。

这种精神状态下，吉原在想什么，又做了什么呢？

玲子已经猜出了个大概。

"……姬川主任，你相信特异功能吗？"

喂、喂，这回又突然问起了这个。

"不信啊，当然不信了。"

太荒唐了。无聊得令人厌恶。

"哎？为什么那么肯定啊？"

"为什么，你……如果真的有特异功能的话，那还需要刑警做什么？"

"像电视上演的一样，有特异功能的人去破案不就可以了吗？不……这是不可能的。只要愿意努力，大多数人都可以当警察。要是上面愿意让更多人接受培训的话，就可以增加刑警的人数，但是却不能用同样的方法增加特异功能者的人数。"

无法增加本来就不存在的东西——这到底是什么逻辑？

"我懂了，收回刚才我说的话。无论存不存在有特异功能的人，我都会继续做刑警的……可是你仔细想想看，如果认可特异功能的存在，那就不得不重新从根本上审视目前的证明犯罪的方法吧？比方说，凶手在手没接触到对方的情况下，按住对方体内的冠状动脉，导致对方心衰而死的时候，这算是他杀还是病死？即使能够认定对方有杀人动机，但我们怎样来证明凶手的犯罪行为呢？死者既没有外伤，也找不出指纹，的确是嫌疑人运用特异功能阻塞了被害人的冠状动脉……你怎么能堂而皇之地这样说？"

说不出口。不过，也没有必要说出口。因为这种事是不可能发生的。

佐藤武男的话很令人玩味。

吉原秀一和渡边繁之间存在的因果关系。

吉原有理由怨恨渡边，他从心底憎恨这个夺走自己木工工作，搅乱自己人生轨迹的石膏板小偷。

但是，这份憎恶在某个阶段突然颠倒了过来，结果却是恨别人的吉原陷入了被杀的窘境。在现阶段很容易完成这部分的推理。

可是，总不能就这样质问渡边："人是不是你杀的？"恰如佐藤自己所说，渡边繁是偷石膏板的小偷，这只不过是个传闻而已，撑死也只能算是个状况证据。如果询问起来，他矢口否认的话，一点办法都没有。

玲子向今泉系长申请彻查渡边的周边关系。今泉并没有问原因，只是问她需要多少人手。玲子回答：请给我四个人。于是，从第二天起，菊田和石仓那组人就开始和玲子她们一同行动了。

渡边建筑有限公司，社长渡边繁。

只要知道这些信息，就能轻而易举地查出公司所在地和社长的电话。在网上一查就能找到，也可以翻一翻企业数据库出版的公司年鉴。

渡边建筑公司位于丰岛区西巢鸭四丁目，公司规模并不算大，包括社长在内总共有十二名员工。在三百多平方米的土地上，有一个兼放建材的停车场和三层的办公楼。一层是办公室，二层和三层是社长的家。家中有三个孩子，大儿子渡边勉、大女儿渡边圣子和小女儿渡边绫子。妻子已经去世了。唯一的一个儿子勉担任公司的专务董事一职。大女儿和小女儿好像还在上学。

首先，玲子他们拍了渡边繁的照片，拿给目击者确认。就是那个案发当晚，目击到有男子在现场附近的公园厕所里洗衣服的人。

目击者说，照片很像那个男人。长脸、有凹陷的下巴和圆鼻子。

发型也的确是这种感觉，是发量并不稀疏的花白头发。

足够了。玲子一行人决定要实施下一步。

就是监视渡边白天的行动，如果有机会就偷偷地采集到他的指纹。

虽然这指纹在法庭上不能用，但却可以就此来对其实行审讯。至少只要是能和现场残留的指纹一致，就可以说服领导了。

渡边开着一辆轻型客货两用车，频繁地往来于工地和客户之间。三点左右，他从新建住宅的工地出来休息，喝了罐咖啡。玲子他们非常想要那个空咖啡罐，但实在是有难度。

渡边在工地前面的马路上，一边抬头看建筑，一边吸烟。本以为他会把烟头直接扔到路上，遗憾的是他带了随身的烟灰缸。

不过，他们在意想不到的地方有了收获。

是自动贩卖机。

渡边五点左右在文京区住宅区内的香烟自动贩卖机上，买了两盒caster 淡烟。

玲子他们确认渡边已经离开后，就走向自动贩卖机。

他们一直监视着渡边，所以肯定不会弄错。渡边买完后，就没有别人接触过这台机器了。

"菊田，你真的没问题？"

"没问题，交给我吧。"

他用从高岛平署鉴定课借来的专用工具，从自动贩卖机上采集了指纹。先撒一些铝粉在渡边摸过的地方，再用刷子把多余的铝粉扫掉，然后贴上采集指纹专用的胶带固定。他在硬币投入口、商品选择按钮、商品的取出口这三个地方重复了一样的操作。

"快看，成功了。"

"嗯，你还挺厉害。"

带回去的指纹，和在案发现场收集到的三种指纹之一完全吻合。

得到了领导的同意，玲子他们终于可以在征得当事人同意后带他回警署审讯了。

第二天，他们从清晨五点开始就在渡边建筑公司的前面待命。

六点左右，几个房间的灯亮了，大女儿七点，小女儿晚五分钟后就都出门了。七点二十分，工人和其他事务类职员开始上班，八点前大部分工人都开着轻型小货车出去了。

社长送走他们，正要返回办公室的时候，被人叫住了。

"你是渡边繁先生吧？我们是警视厅搜查一课的。"

考虑到各种可能会发生的情况，玲子在周围安排了共二十名侦查员。以防止他抵抗、往后门跑，或者是躲在楼里不出来。

但是，没想到渡边突然当场瘫倒在地。

他沮丧地垂着头，一副浑身无力的样子。

"我们想跟你了解一些关于吉原秀一被杀害的事，请你跟我们到高岛平警署走一趟吧？"

渡边繁点头。深深地点头。

环顾四周，大家都是一副松口气的表情。

和同意回警署一样，渡边繁也老实地同意了采集指纹。

比对的结果，当然和案发现场的指纹是一样的。

渡边得知这个结果后，对自己杀害吉原秀一的罪行供认不讳。

但是，他杀人的借口却令人瞠目。

"……他威胁我。那家伙，吉原，想让我拿出上亿的钱。不能怪我。"

但是，当被问到吉原用什么来勒索他时，他突然就支支吾吾起来。脸皱成一团沉默不语。他好像在供述前并没有想太多。

没办法，玲子只好主动问他是不是在十多年前偷过石膏板，因此被吉原怀恨。他点了点头，但马上就开始辩解。

"当时我也是没办法。我们公司如果没按时完工的话，就要赔付一大笔违约金……那时正赶上我老婆的病情恶化……现在回想起来，是药害造成的肝炎……没错，我们一家人是国家和厚生劳动省漏洞百出的……就是那一系列事情的受害者。"

"这根本是两码事。家人因药害患上肝炎，就应该去做小偷吗？"

听到玲子的反驳，他又继续辩解道：

"说到底，国家非要上调消费税，才会导致这种事情发生。大建筑公司霸占着材料供给，压制着我们的工地。归根结底，这难道不都是国家的错、社会的错吗？！"

听到这里，玲子哑然。

她最近隐约感觉，无论遇到何事都把责任推到别人身上的人越来越多了，但这种人却根本不会考虑自己给社会造成了多大的危害。责怪着社会不好的同时，却丝毫不在意自己把社会弄得更糟糕的现实。

"……可是不管怎么说，你杀了吉原秀一没错吧？刚刚从你家查没收的鞋子和案发现场留下的脚印也是一样的。明天我们会把你交给检方，请你做好思想准备。"

这种时刻，总会有一种无力感袭来。

自己以后到底还要逮捕多少这样的人？自己的工作真的对社会有益吗？

这种想法很快会使她钻进牛角尖。

任凭警察再怎么努力，犯罪都不会从社会上消失——

但是，有个人用浅显易懂的语言解决了她的这种疑虑。

这个人就是玲子的上司、凶杀案调查系第十系的系长——今泉春男警部。

"比如说，农民每日耕作的成果都会被我们大家吃掉，所以他们还要继续耕作下去……他们并没像你这样慨叹什么吧。当警察也是一个意思。人们的工作本来就是这样，并不是说你干的工作没完没了，你所做的一切就都是徒劳。经历反复、循环，最终维持下去才有意义。当警察也是如此，犯罪虽然绝对不会消失，但我们至少要努力把犯罪维持在低位状态，这关乎社会秩序的维持……这样不是挺好的吗？"

的确如此。

移送检方前最后的审讯工作结束后，距离晚上的会议还有些许事件，所以玲子约上相乐去了附近的咖啡厅。

她觉得迄今为止自己一直支支吾吾的那个问题，现在差不多可以告诉相乐了。

但是，落座后，相乐却先开了口。

"主任还是不相信特异功能的存在吗？"

她可真是个莫名让人火大的小女孩。

"……不相信啊，之前不是说过了吗？"

"可是如果您看了这个，我想您也会相信的。"

相乐从书包里拿出的好像是什么报告书的样子。署名上写着，警视厅刑事部鉴定课现场指纹系。

"这是刚才今泉系长托我给您的东西……啊，不好意思，我只大致地看了第一页，真是不可思议啊！就是045、666那个号码的输入，看了这份报告后，就会觉得很奇怪，完全不知道实际上死者是怎么做到的。"

"哎？"

玲子不禁从相乐手中抢过了报告书。

她迅速浏览了一遍。原来如此，报告中记载的是这样的内容。

"……没错吧？是不是很不可思议？吉原最后触碰的是翻盖式手机的手机盖部分，从掌纹所示的握法来看，当时吉原把手机合上了。首先这点是不会有错的。继续检查手机内侧就会发现，指纹最为明显的地方就是结束键。按常识来说，号码如果没有被完全消除掉是很奇怪的事。可是，实际上并非如此……当然，如果在按号码时故意不留下指纹的话，那就另当别论了，只是当时吉原不可能那样做。况且，手机被发现时是打开的状态，但在手机打开的位置上，却并没有残留指纹和掌纹……"

掌纹正如字面的意思，是掌心里隆起的纹路。掌纹和指纹一样、一辈子都不会改变，所以作为证据具有重大意义。

但是——

"如此说来，难道是吉原在弥留之际，用尽最后的力气，用特异功能打开了手机盖，输入045、666的号码？……不过，话说045、666

到底是谁的电话号码呢？在吉原的房间里并没有发现写着这个号码的东西，完全不知道这个号码是什么意思……"

不对，"045666"本来就不是电话号码。

如果只看各按键的左侧，就很容易弄错真相。这个案子里重要的是按键右侧。右侧的平假名部分。

在通讯录检索等输入平假名的界面中，玲子试着输入了"045666"后，一下子就明白过来了。手机上显示的是"渡北"，通讯录里没有这个名字。

玲子用自己的手机测试能不能将吉原的通讯录读取出来的时候，就意识到了这一点。呼出最后的人名"渡边"时按的按键，只看左侧的话就是"0456666*"。

这时玲子恍然大悟，身体为之一震。

原来如此，当吉原最后关头想输入"渡边"的时候，却因为手机显示的是输入普通号码的界面，所以屏幕上留下了"045666"这几个数字。他之所以没有输入最后的"6*"，大概是因为就此断了气。也就是说，这个号码是吉原揭露凶手名字的死前留言——

实际上，通讯录里唯一一个姓渡边的人——渡边繁，正是杀害吉原的凶手。毋庸置疑的是，那个电话号码是吉原留下的死前留言。

但是，吉原既没有留下指纹，也没有留下掌纹，却按下了手机的那些按钮——这到底是怎么回事呢？

难道自己不得不承认特异功能是的确存在的？

怎么会呢？这实在是太荒谬了。

罪恶的果实

突然感觉周边暗了下来。

确认时间，下午四点十七分。虽说现在是十一月下旬，但距天黑还有一段时间。如棉絮状灰尘一般的云朵覆盖着头顶的天空，这雨像是随时都能下起来的样子。

玲子突然感到很不安，快步走进了商店街的拱形顶棚下，身后四个人的脚步声跟随而来。玲子没有回头，命令他们道：

"菊田和阿泽去车站附近，保哥和康平去案发现场附近，我负责这一带。别让地方警署的警察抢了先，拜托啦。"

"是。"

玲子这些警视厅总部的刑警在查案的时候，一般都会和案发现场所属的刑警进行搭档。但由于此次的案子有些特殊，所以没了此项限制。实际上，玲子他们下手早已经晚了，地方警署们早就在各处进行地毯式搜查，目前他们并不由玲子管理。

——无论如何，都必须找到春川美津代。

一个男人死在了北区赤羽二丁目的爱丽丝东赤羽公寓 502 室，三十八岁的陪酒女郎春川美津代在报警后就消失了。

她的照片已经烙在玲子的眼眸中。虽然照片是美津代和客人调笑时的合影，但玲子清楚地记住了她的侧脸、面无表情时的样子，她有自信只要两人对峙，就一定不会让对方跑掉。

会出现的。美津代一定会出现在我的面前——

这已经近乎诅咒。

男人的死因目前还没确定，也无法断定是自杀还是他杀。在这种情况下，玲子他们来到赤羽像是被迫来静观其变的。玲子希望至少能找到那个报警后就失踪了的最先发现死者的人。

玲子扫视着四周的环境，看到了弹珠店的霓虹灯、灯光闪烁的游戏机厅。对面是相对而言比较明亮的书店、快餐店和超市。在人行横道上，买完菜准备回家的家庭主妇，还有还没玩够的小学生、中学生和不参加社团活动的高中生，以及把车停在稍远的地方、用推车到处送快递的中年男子。

啊——

玲子自己也说不清楚为何目光会停留在那个女人身上，只是在各自忙碌的众人之中，只有她仿佛已经丧失了对生存的渴望，看起来很是消沉。

那女人靠在香烟的自动贩卖机旁，用充满艳羡的目光追逐着自己吐出的烟，看着它们从顶棚的房檐溢出后又不知飘去了哪里。目光黯淡的小眼睛、下垂的面颊、厚厚的嘴唇，夸张的大波浪鬈发染成了俗气的亮色。身着一件五年前左右流行的大衣，里面是一件暗红色的连衣裙。虽然她的发型、服装都和照片上不一样，但她一定就是春川美津代。玲子十分确信这一点。

"打扰一下，请问你是……春川美津代小姐吗？"

女人看了一眼玲子，轻轻地点点头。

她脸上露出了温和的笑容，就像是要原谅约会时迟到的对方一样。

东京都千代田区霞之关，警视厅总部大楼六层。

当天下午，玲子在放有一百多张办公桌的搜查一课办公室内待命，这种情况通常被称为"在厅"。

"……主任，你又赢了，真是太厉害了。"

大家利用"在厅"的时间所做的事各不相同，既有看书看报、准备考试的勤奋派，也有下围棋、象棋的娱乐派。虽说并不是常态，但现在的玲子一行人完全属于后者。

"好好学学，总想着占据角落的位置，是绝对赢不了的。"

眼下，姬川班流行下黑白棋，玲子分别和四名部下中的菊田和男巡查部长、汤田康平巡查长、叶山则之巡查长对弈，目前不断刷新着连胜纪录。

菊田端起双臂盯着棋盘。

"刚才明明我们还占上风呢……"

"看吧，你现在只有四处可以走。这里和这里两个，这里三个，这里五个，要怎么走？快点决定，你可是男人哦。"

资深刑警石仓保巡查长中午之前就出去了，说是要去浅草那边转

155

转。刑警把这种走访熟悉的店铺、和老板闲聊的工作俗称为"耕田"。"田"就是刑警的情报网。只要把田耕肥沃了，就能取得更多的收获。石仓是很重视这种人际关系的"老派警察"。

"下在……这里吧。"

深思熟虑后，菊田把黑子放在了可以翻转对方三颗棋子的地方。

"那我就下这里。"

玲子一出手就翻转了九颗棋子。

"啊，啊啊……"

菊田看到自己已经不用发愁下一步怎么走了，一边鞠躬说了句"我输了"，一边把棋子码进格子里。玲子的连胜纪录达到了二十三局，她已经玩腻了。

"……不玩了。我去喝杯咖啡。"

"好啊，我陪你去。"

只有菊田应声道。年轻的汤田和叶山因为要准备晋升考试，都回到了自己的座位上。这倒也无妨。

"加油哦。"

玲子是在二十六岁的时候通过了巡查部长的晋升考试。第二年又通过了警部补考试，幸运的是，此时刑事部搜查第一课凶杀案搜查第十系成立，任命她为主任。转眼间已经过去三年了。

"等等我，主任，你也帮忙一起收拾啊。"

"你输了，当然要交给你啦。"

"真幼稚……"

玲子记忆里，菊田说过自己二十八岁的时候通过了巡查部长的考试。菊田大玲子三岁，如今已经三十三岁了，当了五年的巡查部长。但他好像并不想参加警部补的晋升考试。反正玲子至今一次也没见过菊田努力学习的样子。

——所以，他大概是一直当玲子的下属吧。

玲子站了起来，等着菊田收拾棋子时，视线无意中和凶杀案搜查第十系系长今泉警部相对。今泉旁边站着管理官桥爪警视。

"……姬川，你要出去吗？"

"嗯，就去附近。"

虽说是"在厅"待命，却并没有要求绝对不能离开总部大楼。经常会碰到偶尔外出的地方反而比总部离案发现场近的情况。

可是，今泉为什么这么问？

"有事吗？"

"可以的话，等我一下。"

"哦，好的。"

玲子看向菊田，他也不解地歪着头。

玲子不经意地听着今泉他们的谈话。

"……可是，不是自杀吗？"

"不是，监察医生说无法断定为自杀，现在应该正在运往大塚的途中。"

从他们的谈话内容来看，玲子觉得"大塚"指的就是监察医院，一定没错。

"谁说无法断定了？"

"负责人好像是……国奥医生。"

桥爪说出这句话的同时，他们两个人齐刷刷地向玲子投来暧昧的眼神。监察医院的国奥定之助是和玲子关系很好的酒友。虽然都已经快到退休的年龄，但却把玲子当成是自己的女朋友，是个很特别的老头儿。

玲子有一种不祥的预感。

"喂。"果然，今泉指向玲子。

"姬川，你去跑一趟。"

"为什么啊？"

她的确和国奥关系很好，但如果特地为一起还不知是否是自杀的案子跑一趟，四处奔走结果只得到一句话"解剖后发现是自杀"，那可真是得不偿失了。毋庸置疑，凶杀案调查组负责的是"杀人"和"他杀"的案子。

"为什么是我们去呢？按照顺序不是应该先轮到二系和四系吗？"

玲子的声音有点大，她看见二系和四系的几个人朝着这边看过来。但是已经顾不上那么多了。

"因为你不是和国奥医生的关系挺好的吗？"

"别阴阳怪气的，这是两回事。"

玲子希望尽量能做一些有意义的工作，每个人其实都是这样想的。对于凶杀案调查组的刑警来说，"有意义"当然指的就是碰到"好的杀人案"。听起来可能有些刺耳，所谓"好的杀人案"指的就是媒体大肆报道、证据齐全，且很容易抓到凶手的案子。

至少在搜查一课里没有一个人想办这种搞不好是自杀的案子。

不愉快的想象不断地浮现在玲子的脑海里。

如果自己就这样出门了，刚开始调查判定为"自杀"的验尸结果就出来了，接下来会如何呢？凶杀案调查系的刑警就没有了用武之地，只能腼眉耷眼地回到总部。往往在这种时候，本来应该由自己组负责的案子已经被其他系抢走了，而且也许还是那种被媒体大加报道，最后以一出精彩的逮捕剧落幕的案子。

不行，玲子绝对不允许这种事发生在自己身上。

但是，组织对"个体"是很无情的。桥爪管理官环视了一眼大办公室后，又对玲子说道：

"去吧，姬川。这种案子我们通常会派出半个系。既然如此，你们那系正合适。反正每次都是一系人分成两半行动，这不正好吗？"

一个凶杀案调查系有十个人左右，又把这十个人分成两个班。十系其实包括了"姬川班"和"日下班"。

姬川班和日下班已经快十个月没有一起办过案了。与其说是时间凑不到一起，其实是大家都觉得既然已经分头行动，就没有凑在一起的必要了，于是双方都故意错开了彼此的时间。

没错，姬川班和日下班水火不容，玲子尽可能地不和对方一起共事。被桥爪说破了这一点，玲子一时无言以对。

"……知道了，那我们班去吧。"

今泉脸上浮现出安心的笑容。

"那就帮了大忙了。尸体是在北区赤羽二丁目被人发现的，是赤羽署的辖区，拜托了。"

收拾棋子的菊田不禁笑了起来，玲子用力地掐了一下他腰间的肉。

菊田的悲鸣声响彻了整间大办公室。

玲子他们换乘地铁和 JR 电车，走出赤羽车站检票口的时候，已经是下午三点多了。从车站走到赤羽警署大概需要二十分钟，于是他们打了辆出租车。从停在分局门口的出租车上下来时，刚好看到石仓正要进入玄关的背影。

"保哥——"

结实的后背转了过来。

"啊，主任，你们还挺快的。"

如此，姬川班的五名成员全都到齐了。

玲子在最前面，带领一行人走进了赤羽署的大门。门旁边挂着几个总部的看板，如"赤羽站前便利店抢劫杀人案件特别搜查总部"等。

径直走向警务课，向相关人员出示了警员证，表示自己是来协助调查赤羽二丁目发现非自然死亡尸体那桩案子的，对方让他们去二层的刑组课重案组。

一行人到了刑组课的门口，玲子再次自报姓名。

"我是刑事部搜查一课凶杀案搜查十系的姬川。"

"哦，辛苦了。"

在门口等候他们的重案组组长船越警部补是个四十多岁的男人，出人意料地谦和。

"来，大家这边请。"

刑组课办公室的旁边有一间小型会议室，这里就是本案的搜查总部。

"打扰了。"

墙壁旁边的会议桌上，摆放着从案发现场扣押的物品。屋里没有侦查员，只有一名鉴定人员正在制作扣押物品的清单。玲子问了一下

160

才知道，国奥也和运送尸体的车一起回大塚了。

"今天下午一点半左右接到报警，是一个女人的声音，她说有个男人死了请我们过去看一下……"

玲子觉得船越介绍的案情概要有些奇妙。

报案时告知的地点是北区赤羽二丁目的租借公寓，东赤羽爱丽丝公寓 502 号房间。但是当地域课的两名警官赶到现场时，按门铃却没人回应。转动门把发现门没上锁，两个人很容易就进了屋。

报案人不在屋里，但如报案人所言死者的确存在。一个只穿着内裤的男人仰面躺在里面卧室的床上，脖子上绕着绳子，看上去是被绳子勒得窒息而死的。

两名警官保护着现场，并联络了总部。鉴定人员和重案组刑警很快就赶到了现场，但是判定不了是自杀还是他杀。于是就委托了监察医院验尸。这就是事件的原委。

"监察医生说，死者颈部的绳子绕脖子一圈，在喉咙前面打结，这种方法自己也能办到，也不是没有别人行凶的可能……具体需要等解剖后看皮下出血的情况才知道。"

船越说，一般顺序都是等验尸结果出来以后，如果是他杀，地方警署就会请总部支援，搜查一课的凶杀案系就会出动。但是这次报案的第一目击者没等警察赶到就行踪不明了，从这方面看感觉这不是普通的案子，就联络了总部。

"……那现在让侦查员做什么？"

玲子把右手戴上手套，拿着扣押的物品问道。

"已经尽可能地集合了有侦查经验的人展开现地搜查……但至今没

有发现报案人。"

"知道报案人是谁了吗？"

"嗯，报案人用的是案发现场的固定电话，所以我们推测是该房间的租赁人春川美津代。听公寓的管理人说，死者应该是和她同居的男人，姓名不详。我们已经确认过了，春川美津代还没有结婚。"

房屋租赁人在同居者死亡后报案，随后失踪。

这起案子有可能会是一起"好的杀人案"。

玲子立即对这起案件产生了兴趣。

"有那位春川美津代的照片吗？"

"有。"

"她的同居人的呢？"

"呃……很遗憾，目前只有尸体的照片。"

照片好像已经事先加洗好了，船越把"春川美津代"的照片发给玲子和其他人。

"什么职业？"

"陪酒女郎，在距她家五分钟左右的一家名叫"枫"的俱乐部上班，那是这附近最高级的店。"

"那边应该已经……"

"是的，已经派侦查员过去了，刚才接到报告说还没开门。"

"好的，那么……"

玲子看了眼手表，已经快到四点了。

"请通知侦查员六点结束后就回来，我们现在也去找找目击者。多少有些违反规定，就请睁一只眼闭一只眼吧。六点半开始侦查会议，会上再重新划分搜查区域。你看可以吗？"

"好的，我知道了。"

玲子心想，虽然自己很怕和盛气凌人的人共事，但遇到像船越这样和自己平级态度却过分谦和的人，也觉得有些无所适从。

玲子找到了春川美津代。

她首先联络菊田，把联络赤羽署的任务交给从车站折返回来的菊田等人，然后便专心地观察着美津代的情况。

美津代比身高一米七的玲子要矮很多，大约一米六，或许还不到。身材胖乎乎的，不过玲子觉得有不少男人喜欢这种体型，虽然这种感觉毫无根据。

"你不冷吗？"

美津代摇了摇头，双手插在口袋里。考虑到她有可能会从口袋里拿出凶器，玲子目不转睛地盯着她。结果她拿出了香烟和打火机，叼起一根烟并点了火。

没过多久，赤羽署的警车就到了，美津代同意了警方把她带回警署的要求，一同坐上了警车。路途短暂，她没有开口说什么，但并不拒绝沟通，对玲子提出的问题用点头或摇头作答。

到达警署后，玲子指示菊田把美津代先带到二层的审讯室。

玲子则去刑组课向船越报告情况。

"已经找到春川美津代了。现在我要对她进行审讯，没问题吧？"

"好的……拜托你了。"

"你要不要派个人和我一起？"

船越想了想，然后摇头。

"不用了，呃……如果你那边没问题的话，就都交给你吧。"

言下之意，审讯记录也由总部侦查员负责。

"因为……大礼堂那边成立了便利店抢劫杀人案子的搜查总部，人手几乎都派到那边去了……"

原来如此，船越格外的低姿态原来是因为这个。

赤羽署的大多数刑警都加入了大礼堂那边的搜查总部，现在没有多余的人手分给一起都不知道是自杀还是他杀的案子。但是，这起案子的第一目击者失踪，如果置之不理的话，之后发展成严重的问题就很麻烦了。所以，他们一开始就算计着让总部派人过来全权负责这起案子。

"搜查一课的哪个部门去大礼堂的总部了？"

"凶杀案搜查五系和六系。"

五系里有胜俣警部补，玲子和他的关系也很差。所以，惊动他们可不是什么上策。

"知道了，那我就都负责了。不过搜查证据之类的需要一些人手，你实话说吧，到底能调几个人给我？"

船越皱着眉头，做出一副认真思考的样子。

"三个人……不对，是四个。"

大概刚刚派出去现场调查的人数也就这么多了，怪不得找不到美津代。

"算你在内，总共五个人吗？"

"不，算上我，一共四个人……"

就这样吧，反正玲子也没太多期待。

"知道了，三个人就够了。让他们和我们的侦查员一起待命吧。"

交代完，玲子转身走向菊田正在等候的审讯室。

落座后，玲子简单地自我介绍。如果对方是嫌疑人的话，就要把沉默权和其他权利说清楚，但美津代只是第一个发现尸体的人，所以不在此列。

"报案的是春川小姐……这样说没错吧？"

美津代静静地点头。

"那你为什么没等警察到现场就离开了？不锁门岂不是很危险？"

她没有回答。

"你为什么要离开？"

"有什么事要办吗？"

"听管理员说，去世的是跟你住在一起的人。能告诉我们他的名字吗？"

玲子用各种方式试探，但美津代毫无反应。

过了一会儿，一位不认识的警官来叫玲子，说国奥打电话来通知尸检结果。如果是平时的审讯，玲子会叫其他人问清对方有什么事情，但这只是了解情况，不用那么神经质地抗拒中断审讯的事。

"不好意思，我出去一下。"

玲子走到船越的办公桌前，接起了电话。

"你好，我是姬川。"

"噢，小姬啊，好久不见啦。"

"寒暄就免了，直接说正事吧。"

"嗝——"电话中传来国奥模糊的咂舌声。

"……你还是这么冷漠。"

国奥还没退休，所以应该是五十多岁，但无论是相貌还是说话方式都像是七十多岁的人。这算是他的独特之处吧。

"结果到底是自杀还是他杀？"

"你还真挺着急的呀。不过，算啦，也不是什么值得卖关子的结果。"

"那就快点说吧。"

国奥故意清了清嗓子。

"……对不起，无法确定。我也无法断定是他杀还是自杀。"

玲子真的想把电话挂掉，国奥可能感觉出气氛不对，慌忙表示自己还有话要说："不过啊，不过……"

"那具尸体很奇怪。死亡时间推测是昨晚凌晨一点左右。但只有右半身从死后僵硬到软化的速度特别慢。"

玲子请身旁的船越拿出遗体被发现时的照片，她确认了一下从脚底拍摄的照片发现，原来如此，尸体躺在床上稍微靠右的位置。

"谢谢，很有帮助。"

她正要挂断电话，国奥在另一头仍然不肯罢休。

"小姬，我找到了一家你爱吃的'土瓶蒸'做得很好的店，最近要不要一起去？"

"等这个案子结束之后再说。"说罢，玲子这次真的挂断了电话。

回到审讯室，美津代正在抽烟。桌子上放着七星凉烟和打火机、烟灰缸。

"尸检结果出来了……"

玲子很犹豫要不要告诉美津代尸检的结果。如果真的是他杀的话，也就是说实际上就是美津代杀的人，这种情况下假使让她知道警方无法断定是他杀，那就相当于给了她推脱罪名的线索。要是她再说什么"肯定是自杀呀"之类的话，就很难反驳了。

但是，玲子也并不认为美津代是凶手。

刚才国奥指出，尸体右半身死后僵硬状态下的软化速度比较慢，这是不是可以认为因为某种温热的物体长时间压在实体的右半边身体上，延迟了体温下降的速度。从尸体脚的方向看，尸体躺在床的右侧，而在尸体的角度上看，右侧是空着的。那里应该是美津代平时睡的位置吧。恐怕昨晚应该是，压在尸体右半边的物体就是美津代的身体。

美津代依偎在已经死去、变冷的男人身边睡了一晚。

不知道这有何意义，但不得不说这种行为很难和她杀了这个男人的想法结合在一起。

美津代弹落长长的烟灰后，直接把烟按在铝制的烟灰缸里捻灭了。

然后忽然她开口说道：

"……是我杀的。"

玲子感觉到坐在右后方的菊田倒吸了一口气。但是玲子却非常冷静地对待这句话。

不对，不是你杀的——

但是，这话现阶段还不能说出来。

"你杀了谁？"

美津代再次陷入了沉默。

"死在你房间里的到底是谁？请把他的名字告诉我。"

美津代缓缓地、长长地吐了一口气。

"……我丈夫。"

"这是'情人'的意思吗？你户籍上写的是未婚吧。去世的应该不是你的配偶春川某某……那房间里死去的到底是谁？"

美津代又陷入了沉默。

"春川小姐，不管你刚才说的是不是谎话，既然你说你杀了人，警方是不会就这样放你回去的。想改口就得趁现在改，请告诉我们事情的真相。死在那个房子的是谁？还有，那个人为什么会死？"

"……他是我丈夫，是我杀了他。"

无奈之下，当天只好把春川美津代关进了赤羽署的拘留室里。

形式化的侦查会议结束后，玲子他们在陈列着扣押物品的会议室里，吃了赤羽署准备的外卖便当。

"……这是什么啊？"

扣押物品中，有一个像装西方点心的空盒一样的红色四方形罐子。其他四个人都仅仅是歪着头说不知道，一副不感兴趣的样子，玲子无奈之下戴上手套，把罐子从塑料袋里拿出来，自己打开了那个罐子。里面有三十多张照片。

"这是什么……"

几乎都是男人的照片，但有几张照片上也有女人的身影。很多照片用的都是在马路上偷拍的视角，被拍摄对象看上去都是和黑道有关、身上散发着危险气息的人。

玲子心头涌起一阵奇怪的不安感。

她向着放有资料的桌子走去，想确认一下放照片的罐子被放在案发现场的哪个位置上。D8，也就是床旁边的写字柜里。

正好有一张照片拍的是写字柜的盖板打开后的状态。罐子放在正面左侧，而右侧则零散地放着一些白色的小东西。

"阿则，把拍这张照片的鉴定人员叫过来。"

"是。"叶山放下筷子，用手背擦了擦嘴，从房间冲了出去。

两三分钟后，他带回来一位鉴定人员。原本以为鉴定人员都已经回去了，幸亏还留在这里。

"这张照片是你拍的吗？"

"是的，我是鉴定组的水岛巡查长。"

这个时候，这些都是无关紧要的事。

"这照片上那些白色的点点是什么？"

水岛凝视着照片。

"啊……这个啊，好像是筷架。木制的，看起来像是用雕刻刀削出来的。"

从照片上看，总共有九个。他和美代子两个人住，准备九个筷架未免有些太多了。或者是男人在卖这些东西？

"扣押物品里没有这个，你们没带回来吗？"

"对，没带回来。"

"为什么？"

"呃，你这样问，我也……"

玲子突然想看看这些到底是什么东西。

"我现在要去现场看看这个。谁跟我一起去？"

举手的只有菊田一个人。

"那咱们快点吃吧。"

两个人扒拉了两口剩下的便当，又喝口茶帮助把饭咽下去。走出警署，他们商量着打车还是向警署借自行车，最终得出结论，有在这里磨磨叽叽商量的时间，还不如走过去比较快。

"菊田，我很冷。"

"那我可以搂住你的肩膀吗？"

"不要，请你走在前面。"

东拉西扯之间，很快就到了东赤羽爱丽丝公寓。

向管理人出示证件后，管理员痛快地走了出来，跟他们一起去案发现场的房间。

"真是吓了一大跳……"

管理员打开门，开了灯，带他们走到那间出事的卧室。

"……啊，就是这里吧。好的，谢谢你。能在门口等我们一下吗？"

"好的，知道了。"

玲子他们迅速进入卧室，打开了写字柜的盖板。正如照片所示，里面有好几块像是筷架，但比照片上的颜色看起来更黄的木片。玲子戴上手套，捏起其中的一块。

"这是什么呢……"

木片有点像葫芦的形状，的确有点像是筷架。但仔细一看，玲子发现圆形的一侧上有三个微小的刻痕，若是把这三处看成是两眼和嘴巴，则看上去有点像一张脸。这九块木片全部都有一样的刻痕，显然不是偶然为之的。

"好像有一股清爽的味道。"

的确，清爽的味道很好闻。

"是偏柏吗？"

"也可能是青森柏之类的。"

玲子和菊田在这方面只有这点知识了。

这些木片好像都是在这张写字柜上刻的，盖板的角落、木板和木板的缝隙里塞着很多小木屑。玲子用镊子把木屑夹了出来，与像是筷架的木片一起放进带来的塑料袋里。

"明天送去科搜研。"

玲子已经大致看出了这起事件的全貌。

第二天，玲子有一大堆事情要做。

首先，去了大塚的监察医院，采集了死者的指纹。然后前往樱田门，把昨晚扣押的木片送到警察综合办公楼八层的科学搜查研究所。接着又去了隔壁警视厅总部大楼的刑事部鉴定课，比对实体的指纹是否有前科记录。

然后，她把本来放在罐子里的那些照片带去搜查一课重案二系。二系负责的是搜查资料。这里玲子打算亲自直接拜托求助，所以今天玲子命菊田等人进行现场取证调查，自己一个人前往二系。

"林先生，我想这些照片里，可能有你认识的人。"

林警部补是资料领域的资深警官，也是除了今泉系长之外，玲子最为尊敬的警官。

"你带来的东西，真是……总是很棘手啊。"

"不好意思，不过我也只能找你帮忙了。"

林警官一边用鼻子发出"嗯、嗯"的声音，一边把三十一张照片平铺在桌上。

"拍摄对象一共是七个人。"

没错，玲子也发现同一个人会拍好几张，但不知道哪几张是同一个人，也不知道总共有几个人。不愧是林警官。

他马上转身走向放着无数文件的铁架前，毫不犹豫地抽出了其中的三本，摊在桌子上。那些正是照片中人物的相关资料。

"这个男人就是这个人，是大和会旗下的黑道组织白楼会的年轻当家的岩仓孝信。两年前被人枪杀，但目前仍然没有抓到凶手。这个女人是白楼会的关联企业，一家与活动企划有关的公司的女社长中谷优子。她也被杀了，被人勒死。这个男人木村纯一和白楼会没有关系，但走私毒品，也遭到枪杀，大约是三年前吧。其余的四个人没法很快地辨认出来，不过我想如果有耐心找一下，就会发现大家都遭到了杀害。"

明白了，这和玲子的推测大致相同。

"谢谢，帮了我大忙了。"

林警官点了点头，像是在说"小事一桩"，然后把照片收了起来。

"怎么样？另外的四个人也要查出来吗？"

"是的，拜托了。"

"那你等一下，我马上用电脑检索一下。"

就在这时，鉴定课打来了电话。

"你好，我是姬川。"

"我是鉴定课的上田，指纹的主人有前科记录。"

"是吗？请把详细情况告诉我。"

"好的。死者的姓名是岸谷清次，就是普通姓氏的岸谷，清洁的清，次要的次，清次。岸谷清次，昭和三十年九月二十八日出生，今年四十四岁。十几岁开始就出了名地坏。十七岁时，因为伤害致死罪被关进少年监狱一年零两个月。二十岁后，开始出入黑道事务所。二十三岁时，成为大和会旗下的团体吉田组的成员。二十九岁时，因杀人罪被判处十一年有期徒刑，但八年后就出狱了，当时三十七岁，之后就没有任何官方记录了。"

原来如此，这样一来，人数也恰好吻合。

"谢谢。"

然后，玲子又对林警官鞠了一躬说："之后就拜托了。"随即离开了二系。

下午一点，玲子回到赤羽署。在会议室吃了便当，下午两点，再次把美津代找来审讯。

"昨晚睡得好吗？"

美津代抻着下巴点了点头，意思像是在说"一般"。

"是吗，那太好了……托你的福，我也查清楚了几件事，终于知道你为什么要那样做。"

美津代眉头紧锁地看着玲子。

"因为你什么都不愿意说，所以我就去查了一下。死在你家里的是岸谷清次，对吗？"

美津代的视线突然变得无理起来，她低着头，整个人都沉了下去。

"和你同居的是岸谷清次，对吗？"

美津代终于屈服了，她点了点头。

"因为死者乍一看像是自杀，你也一时不知所踪，但很快就找到了你，所以这个警署里谁都没想去调查死者的指纹，大家都觉得问你就行了……我原本也是这样认为，但你不肯说，所以只能自己去查了……你知道他有前科吗？"

她既像是在点头，又像是摇头。

"你是知道的对吧？因为你一直想隐瞒他的身份……除了十七岁的伤害致死罪和二十九岁时的杀人罪之外，你知道在那之后发生了什么吗？"

美津代像是在忍耐痛苦一般，用力地闭上了眼睛。

"你知道他之后犯过的罪吗？"

她咬紧牙关，眉头深锁。

"我是不是应该问得更具体一些？……你知道他是职业杀手吗？"

透明的泪珠从睫毛之间挤了出来，滴落在桌子上。

"我能够理解……你打算一辈子把他的一切都埋在心里，因为我也是女人。但是这比你原本想象的更加痛苦……等你做好心理准备后再告诉我，我会一直在这里等你。"

玲子转过头，示意菊田先出去。

不知道是否因为大部分侦查员都加入了大礼堂的搜查总部，刑组课所处的二楼很安静，不时可以听到远处的电话铃声和船越接电话的声音，但似乎都是谈公务，很快就挂断了。

美津代闭着眼睛，静静地诉说起来。

"……我在六年前认识岸谷，当时，我才三十一二岁，他三十八岁，刚出狱不久……"

当时在新宿的俱乐部上班的美津代认识了每天来店里送湿巾的岸谷，如果仅仅是这样，他们不会有什么交集，但之后偶尔会在附近的居酒屋相遇，于是，他们的关系迅速升温——

"他很沉默寡言……但是，偶尔笑起来就像小孩一样可爱。"

不久后，他们就在大久保的公寓同居了，过了半年左右，岸谷突然对她说："我们逃吧。"

"那天天快亮的时候，他偷偷摸摸地回家，脸色惨白，叫我赶快逃，马上离开东京。我搞不清楚情况，只知道他的神色很不对劲，我就答应了……跟着他一起离开了。之后，我们辗转各地。新潟、仙台、大阪、福冈……但无论到了哪里，都有人在追他。我不知道谁在追他，反正……有人在追他。"

玲子只想到一个全国性规模的组织——日本最大的暴力团伙大和会，一旦被他们盯上，至少在日本无处可逃。

美津代的表情禁止起来，好像自己现在也在被什么人追着似的。

"……三年前，我们搬来这里不久，我下班回家，一打开房门，三个男人就跟在我身后冲了进来。岸谷不在家，我被他们拿着刀威胁，说要等岸谷回来。等了两三个小时……当时，他在当卡车司机，快天亮的时候回到家……"

美津代用力吐着气，似乎在努力让自己平静下来。想必当时的恐惧清晰地在她脑海中苏醒了。

"……他似乎认识那三个人，他一进门，那三个人就威胁他不许动，不然就要杀了我，他只能在原地不动。岸谷似乎知道他们为什么找他，请求他们放过他，留他一条生路。但那三个人不同意，说那怎么行。结果……其中一个人把我按倒在地，当着岸谷的面……于是，岸谷屈服了，对他们说，好，我答应……这句话似乎解决了所有的问题。"

美津代回忆说，那一阵子，岸谷反而比之前更开朗，有一种豁出去的感觉。

"……差不多一周后，岸谷说要出门两天，两天后，他果然回来了……我下班回到家，已经躺在床上，但却睡不着，听到门锁打开，我慌忙冲到门口……"

美津代的嘴唇开始发抖。

"他站在门口，脸颊抽搐，分不清楚他在哭还是在笑，脸颊不停抖动着……我闻到一股臭味，有一种刺鼻的、好像火药般的味道。我意识到发生了什么，岸谷也看出我知道了，他走进浴室，穿着衣服，连袖子也没卷起来，就用水拼命地洗手……不时自己闻一下，一边洗一边说，洗不掉、洗不掉……然后，拿起打扫用的钢丝球就开始刷，用力地刷着右手，一边洗一边说，洗不掉、洗不掉。都已经刷出血了，他仍然说着，洗不掉、洗不掉……我跑过去抱住他，叫他不要再洗了，他仍然哭着说，洗不掉、洗不掉……于是，我终于恍然大悟，那些人要他做什么。"

玲子递上了手帕，美津代摇摇头，从口袋里拿出自己的手帕。

"……几天后，他不知道从哪里拿来这样大小的木片。"

她的食指和大拇指微微张开，比画着木片的大小。

"是不是有木头的香味？"

"对……啊，你看到了吗？"

玲子尽可能平静地点头。

"那是地藏王菩萨吧？"

美津代害羞地笑了笑，但随即啜泣起来。

"……一开始他做了两个。他说，以前杀过两个人，现在变成桑耳了……他不知道在对谁道歉说……看起来不像地藏王菩萨，对不起，我的手很笨……我买来当摆设的写字柜被他擅自拿来当佛坛了……后来，那些小地藏王菩萨的数量一个个地越来越多，他在雕刻的时候面无表情，好像魂魄都飞了出去。他说，我杀的人都是黑道因为利益纠纷要清理门户，或是该教训的人，没有杀无辜的人……他内心似乎有这样一条界限。"

美津代好像突然想起什么似的拿起烟，抽了一口。虽然玲子觉得她可以慢慢抽，但美津代的心情无法平静，抽了三口就捻灭了。

"……即使如此，他也受了很多伤，我能看到他的心被一刀刀地割下……就连睡觉的时候，也经常会突然坐起来，浑身都冒着冷汗。白天的时候，始终胆战心惊的，觉得有人在追他，有人在跟着他……他似乎很担心我去店里上班……总是在离店不远处接我下班。只要我走出店门几步，他就立刻跑过来，一直说，太好了、太好了……脸上的表情好像小孩一样。"

玲子给她倒了一杯茶，美津代说了声"谢谢"，含了一口，闭上眼睛。

"真好喝……"

她似乎终于平静了下来，眼睛看着放在烟盒上的百元打火机，但却迟迟没有抽烟。

"……我好几次对他说，咱们分手吧。既然他和我在一起，不得不做那些事，不如就分手吧。但是，他说，如果要分手，他不如死了算了……既然他这样说……女人都是傻瓜，觉得即使前方是地狱，也要和他一起走下去……可是没想到，他一个人先走了……我下班回到家，看到他脖子上套着绳子，已经断气了……我当然哭了，但是很奇怪，我感觉松了一口气，心里觉得他终于不必再痛苦了，终于可以轻松了……"

她又喝了一口，用茶润了润嗓子。

"我不知道是不是因为他杀了九个人，终于折损了，还是有其他的原因……也许这次对方让他杀一个无辜的人，他无法说服自己……至于真相到底如何，我也不知道。"

美津代在岸谷身边睡了一晚，中午之后，拨打 110 报了警。

"为什么报警后又要逃走？"

美津代歪着头，露出复杂的笑容。

"为什么呢……因为他死了已经有一段时间了，谁看了都知道不是病死的，即便报了警，警察也会问起来，为什么从昨晚一直放到今天，我在做什么？我应该怎么回答？不知道该如何是好……所以，就只好逃走了。在街上乱逛了一阵子，我开始觉得是我杀了他，心想如果被警察抓到，就说是我杀的，只要我进了监狱，也许可以稍微弥补一下……我当时是这样想的。"

玲子把美津代带到搜查总部，让她看了扣押的物品，把暂时扣押和写完笔录后可以立即归还的物品分开，请她在资料上签了名。

"那些……地藏王菩萨呢？"

一旁的菊田等人自然不知道美津代在说什么。

"警视厅的鉴定人员借用了一个，但马上会还你，那是很重要的纪念物吧？"

美津代笑着点点头。玲子突然觉得，岸谷应该就是爱上了她的这种表情。

第二天上午，玲子忙得不可开交。

这起死亡事件最终以自杀案了结。既然岸谷已经死亡，无论他过去犯了什么罪，都不会被起诉，就让真相永远隐藏在黑暗中。

奇怪的是，玲子希望能够亲手处理完这个案子。她把所有资料都搬到警视厅搜查一课的办公室，用自己桌上的电脑开始写笔录。

"主任，电话，是科搜研的大山先生。"

玲子懒得请汤田转接，直接从坐在对面的汤田手上接过电话。

"你好，我是姬川。"

"我是大山，之前的木片查清楚了。要现在口头告诉你，还是你来一趟？"

"我去找你。"

她嘱咐汤田不要让任何人动她桌上的资料，然后走出了办公室。

她沿着联络通道来到警察联合办公大楼，懒得等电梯，直接爬楼梯到八层。

"打扰了，我是搜查一课的姬川。"

"……哦，不好意思，还让你特地跑一趟。"

才二十多岁的年轻技师大山从里面走到这间放了很多办公桌的房

179

间，手上拿着装了木片的塑料袋。

"……这是樒树的木材。"

"樒树？"

玲子当然没听过这个名字。

"对，那是木兰科的常绿树，结出的果实和中国菜里常用的调味料八角形状很像，但是却有剧毒。树枝用来供奉在佛前……有点像白花八角树，树叶可以用来做线香，但是，木材的部分通常都用来做佛珠。樒树的'樒'是木字旁加上'保密'的密，有时候也会写成木字旁加一个'佛'字。"

原来如此。岸谷应该也知道这些事，所以想到用樒树的木材雕刻地藏王菩萨，用自己的方式来凭吊死者。

"关于樒树的语源，有人说，是去除'恶果（ashikimi）'的'a'不发音，读成'shikimi'，我猜想应该是这种树的果实有剧毒，所以才会取这个名字。"

恶果，对岸谷来说，到底代表了什么意义？

是十七岁时引发的伤害致死事件，还是二十岁时加入了黑道？又或是二十九岁时的杀人？或是遇见美津代？莫非正如她所说的，遇见了她，岸谷的人生才会变调吗？

即使如此，也无法原谅——

广泛领域中的黑道组织大和会。

玲子第一次清楚地意识到宛如乌云般笼罩着日本全国各地的"恶"。她有一种预感，有朝一日，自己必须正面迎战他们，这种预感让她不禁打了个冷战。

信

东京都千代田区霞之关。

警视厅总部大楼六楼。

玲子刚结束俗称"在厅"的自由待命,也就是休假后,时隔两日回到了搜查一课的大办公室。

"早上好。"

搜查一课凶杀案搜查十系姬川班的全体成员已经到齐了。

"早上好。"

石仓保巡查部长、菊田和男巡查部长、汤田康平巡查长。叶山则之巡查长似乎有点感冒,用纸巾捂着鼻子,只向玲子点了点头。

玲子把包放在自己的座位上,身后十系系长今泉警部随即也走了进来。

"早上好。"

姬川班的成员们也跟随玲子向今泉警部问好。今泉轻轻地回了一句"早"，然后又看向玲子。

"……你的腰怎么样了？"

玲子在调查前几天刚送检完毕的案子时，不慎把腰扭伤了。

犯人是一位四十六岁无业男子，杀害了和他交往的五十三岁女子。相关资料中记载，玲子在冲进凶手家准备逮捕对方的时候，和凶手扭打在一起受了伤，但其实并非如此。而是因为雨天路滑，她从地方警署的台阶上脚下一滑，从七阶高的楼梯上滚落下来，撞伤了腰。

"……还不能跑，但是走路没问题了。还有胳膊肘和脚腕的伤。"

她翻起长裤的裤脚，露出了包着绷带的左脚脚踝。

"伤得不轻啊……下回可得小心点。"

除了石仓之外，其他三个人都忍不住悄悄地笑了起来。玲子向他们瞥了一眼，又再次面向今泉的办公桌。

"系长，你还记得我们第一次见面时那起案子的凶手吗？"

今泉脱下大衣，一边拉椅子一边"嗯"了一声，点了点头。

"……是在目黑吧？是你抓到的那个白领女杀手吧？"

"对，那个凶手写信跟我说，她已经获得假释，我去和她见了一面。"

坐在椅子上的今泉皱起了两道如海苔片似的浓眉，抬头看向玲子。

"……什么时候？"

"昨天。"

"为什么？"

"我说了呀，因为她给我写了封信。"

"信寄到你家里了？"

玲子仿佛在扇扇子一般，摆了摆手。

"怎么会，一开始好像寄到了目黑署，不知道是谁查到我在这里就转寄过来了。"

"你看了信，就决定去见她了？"

"是的。"

今泉摇了摇头，表示无法理解。

"再怎么说你没必要特地去看她吧，倒是有不少人会给警察送来表示感谢的礼物。况且，她在审讯时不时毫无悔意吗？"

"嗯……是啊。"

玲子拿出放在口袋里的信，放在今泉面前。

"她信里写的好像已经脱胎换骨了似的，我也不禁感到很好奇，就决定和她见面。当然，我也想到了她可能表面上写信跟我忏悔，突然从背后捅我一刀，所以我很小心……"

汤田"哦"了一声，走了过来。

"主任，你是因为那起案子，被提拔进一课的吧？"

"对，当时我只是巡查部长。"

菊田用一脸很了解内情的表情点着头。

"虽然要求我马上来总部，但人事部门拖拖拉拉的，结果我通过了警部补的考试，之后还有一次调动，然后就到这里了……是这样吧，系长？"

今泉噘着嘴，点了点头。

"……怎么？你的反应好像后悔这么早就叫我过来了。"

"不，没这回事。"

"我很伤心。"

"对不起了。"

汤田双眼发亮，不知对什么产生了兴趣。

"主任，你说说当巡查部长的时候，被系长看中的英勇事迹吧。"

"好啊。"

今泉轻轻地摇头，但玲子毫不在意，吩咐汤田去冲咖啡。

终于找到了在听时打发时间的好方法。

玲子当上警察的第四年，在第二次挑战中顺利通过了巡查部长晋升考试。因这次考试合格，她从警察学校毕业后分配的品川署调到了碑文谷署，担任该署交通课规则组的主任。

那起案子发生在新年刚过半个月左右的时候。

"好……知道了，那就这样吧。"

当时的组长一挂上电话就立刻指着玲子说：

"姬川，我记得你以前在品川署的重案组待过吧？"

"嗯，是的。"

"目黑那边成立了命案的搜查总部，你可不可以过去支援？"

目黑署毗邻碑文谷署，管辖目黑区东北部地区。只要那边成立了搜查总部，碑文谷署就会责无旁贷地派人支援，但玲子觉得再怎么说也轮不到自己这个交通课规则组的主任过去。

"为什么不让刑事课的人去？"

"刑事课那边已经借调了两个人去涩谷、一个人去世田谷、一个人去高轮。他们央求我说已经没有人手了。"

组长不耐烦地指着内线电话说：

"姬川，就拜托你啦。你不是很喜欢杀人案这种事吗？"

这话听起来真刺耳。

"嗯，是啊……倒是不讨厌。"

"好，那就这么定了。拜托你跑一趟吧。"

于是，玲子就被派到目黑署的"中目黑白领杀人事件特别搜查总部"去了。

目黑署沿山手大街而建，高八层楼，乳白色外观看上去很气派。

玲子来到位于六楼礼堂的搜查总部时，那里已经有二十多名侦查员到场了。碰头会开始的时候，已经达到了四十人。

"大家集合一下。"

警视厅派来搜查一课凶杀案十系来辖区警局支援。事后玲子才知道，当时说话的是十系的系长，也是之后玲子的上司今泉春男警部。

"现在我来介绍一下案件的概要。"

玲子和其他侦查员一起坐在礼堂里听今泉介绍案情。

"一月十五日，星期一，今天清晨六点零九分，目黑区中目黑五丁目附近的居民在儿童公园散步时，发现一名女子浑身是血地倒在地上，他立刻报警，七分钟后，目黑署地域课的警官赶到现场，确认该女子已经死亡。

目黑署刑事课认定是一起杀人命案，派了重案组和鉴定组人员到现场，还有随即赶到的机搜（警视厅机动搜查队）的人员共同展开了第一波侦查。

鉴定人员检查死者的大衣口袋内的皮夹，得知被害人是住在这个街区的四十二岁上班族杉本香苗。

香苗未婚，在和田电设株式会社工作。和田电设是一家专门销售、安装空调设备的公司。

经东京大学法医学研究室验尸后得出结论，被害人胸部、腹部共有三处刀伤，导致死者失血过多死亡。推测的死亡时间为昨天，也就是十四日，星期日晚上十一点左右。"

"现在分配侦查员的任务。"

在杀人案的搜查总部，来自警视厅的侦查员，必须和地方警署的刑警组成搭档，但如果警视厅只派一个组的刑警，人数只有十人左右，即使算上机搜在内，也不满二十人。这种规模的搜查总部通常都有超过四十名侦查员，也就是说，像玲子这种来凑数的人往往无法和警视厅的侦查员搭档——

"还有两名女性，就组成搭档吧……难得有一组女性搭档，你们就去被害人公司了解情况吧。"

玲子果然被分配和品川署派来支援的盗窃组的一名三十四岁的女性一组。

她和那位高野真弓巡查部长互相打了个招呼，一起加入了了解被害人周边关系的组，这个组总共有三个小组，共六个人。组长是搜查一课十系、四十多岁的入江主任警部补。

"到了被害人公司之后，咱们再分配各小组的任务。这是公司地址，也可以走过去。"

从公司的地址来看，和田电设离目黑车站很远，应该在首都高速公路二号线附近，属于大崎署的管辖范围，应该要走不少路。

但是，刑警的工作，走路要占四成，写报告占四成，剩下的两成是开会和待命。当时，玲子已经有一年的刑警经验，不害怕走远路了。

她跟着四个穿暗色大衣的背影从目黑分局出发，从山手大街走到目黑大道，走向通往车站的坡道。

"……姬川小姐，你今年多大了？"

高野比玲子矮很多，长相普通，但从她的眼神和很有张力的声音中，可以知道她是个个性很强的女人。

"二十六岁。"

玲子的个性也绝不输人。

"已经当了两年刑警了？"

"没有，一年多。"

"这样啊……"

什么意思？她打算仗着自己当刑警的资历老，掌握主导权吗？

即使我当刑警才一年多，但在品川曾经破了命案和抢劫案各一件——玲子很想这样说，但终究还是忍住了。想要超越这种人，需要具备装乖巧的冷静。

两个人一路上聊得并不投机，十多分钟后，她们抵达了目的地。

首先，由入江主任向公司老板说明情况，请他说出所有来上班的员工名字。然后，分配给各小组成员，开始分头了解情况。入江小组负责老板和营业主任，另外两名男刑警搭档负责一名业务员和两名装空调的工人，高野和玲子负责三名女性内勤人员。由于已经是下午，其他出外勤的业务员和工人必须等到傍晚或者第二天。

玲子她们第一个问话的是比被害人小一岁的女职员伊藤静江。

"昨天晚上，我回娘家了，地址是杉并区的高井户。"

"不好意思，请问有人可以证明吗？"

高野问话的方式并不严厉，因为经验丰富，所以很了解如何装作不经意来问话。玲子在一旁不便插嘴。

"十点左右，我去了附近的便利店。哦，对了……这是当时的小票。"

只要去那家店，确认监控影像，她的不在场证明就可以成立。高野对当事人说，要暂时保管那张小票，然后为了不沾上自己的指纹，放进了记事本里。

"请问杉本小姐是个怎样的人？"

伊藤迟疑片刻，似乎难以启齿，最后才终于开口说：

"我告诉你们哦……"

原来被害人杉本香苗经营个人高利贷，客户遍及公司内外，总共超过二十人。

"……如果被人知道是我说的就惨了，我不希望因为这件事，导致和其他人的关系闹得很僵。"

"我知道，除了警方人员以外，我们不会向任何人透露是你说的。"

伊藤补充说，在公司里，老板和几名业务员、工人都是香苗的老顾客。

"为什么老板也要向她借高利贷？"

玲子忍不住插嘴问道，高野很不耐烦地闭上眼睛，但伊藤并不在意。

"老板……很怕老婆，但他和陪酒女搞外遇，对方也有家室，所以，可能要花钱，又不想被老婆知道。"

"你知道老板外遇对象的名字吗？"

"不……这我就不知道了。"

下一个问话的是一位三十五岁的女性事务员中村知子，她说了件更有意思的事。

"听说如果对方不准时还钱，香苗就要求对方和她上床。有一个厂家的业务员经常出入我们公司，听到要和她上床，立刻把钱还清了。所以，她基本上只借给男人钱。"

于是，玲子重新打量了杉本香苗的照片。

虽然不是特别丑，但也绝对称不上漂亮。照片中的香苗穿着浴衣，站在伊藤和中村中间，开心地比画着 "V" 的手势，可能是员工旅行时拍的。

司法解剖的结果显示，被害人身高一米五九，体重六十五公斤左右。照片中只拍到她的上半身，圆滚滚的体型证实了解剖的结果。就算是恭维，也很难说她身材好。说得直白一点就是中年发福。原来如此，如果被这种体型的人以债务为由逼迫和她发生肉体关系，男人怎么会愿意呢。

"杉本小姐好像还没有结婚，她有男朋友吗？"

中村脸上浮现的鄙夷笑容是显而易见的。

"就她那外形，还是个酒鬼，只认钱，最后还要以借钱的形式……怎么可能会有男朋友？也不知道她是因为这样才找不到男朋友的，还是因为没有男朋友才会变成这样。"

最后问话的是武田由贵，不知道是否是因为她和香苗没什么来往，说话总是吞吞吐吐的。

"……我不太清楚。"

她二十八岁，是三名事务员最年轻的一位。身材苗条，长相很难说漂不漂亮，也许化了妆也算是个美人吧。但是，在谈美丑之前，她整个人给人感觉很灰暗，皮肤很白，看上去却好像是灰色的。

"这是向伊藤小姐借来的照片，照片中没有你，是不是你拍的？"

高野把照片拿给她看，但她的表情没什么变化。

"……那次旅行我没去。"

她的声音也好像幽灵一样。

"你和杉本小姐私底下没什么交情？"

"是的……很少。"

"那你在公司和谁走得比较近？"

她默默地摇了摇头。

"你住在哪里？"

"……三轩茶屋。"

她每天上下班都要搭东急田园都市线到涩谷后，再换乘 JR 山手线到目黑吗？

"昨晚十一点左右，你在干什么？"

"……在家，看电视。"

"你和父母同住吗？"

"……不，我一个人住。"

"请教一下，有没有人可以证明你那时候在家里看电视？"

玲子经常觉得这个问题很蠢，但有时候自己也会问这个问题。在正常情况下，一般人很难找人证明自己在三更半夜的行为，但是，身为刑警，却不得不问这个问题。

"……没有。"

我就知道，我就知道。

"如果你之后想到什么。请和我们联系。今天谢谢你的配合。"

玲子她们问完了三名女事务员，正好赶上六名工人回到公司，所以也顺便问了问工人们，晚上七点左右她们回到了目黑署。

八点左右，大部分外出取证的侦查员都回来了，第一次侦查会议正式开始。玲子和高野坐在大礼堂的最后一排会议桌旁。

"起立——敬礼！"

到现在为止，玲子曾经参加过三次有警视厅支援的搜查总部，一次是凶杀案，一次是抢劫案，还有一次是抢劫杀人案，幸运的是，其中有两次对逮捕凶手有直接贡献。因此，她自认为已经习惯参加这种会议，也觉得自己这次有机会立功，但是，高野对她说"由我负责报告"，这句话打破了她原本的计划。

"嗯……那就拜托你了。"

算了，高野比自己年纪大很多，这也是无可奈何的事。

今泉警部在上座拿起话筒。

"首先报告现场鉴定的情况，浅山主任。"

坐在玲子她们往前三排的位置上，身穿蓝色鉴定服的男人站了起来。

"好的。在尸体发现现场带回的物品中，目前并没有可以断定是凶手留下的物品。毛发有十一种，其中有一种是被害人的，七种是男性的，三种是女性的毛发。另有十三种猫毛或狗毛，有五种尼龙纤维片、七个烟蒂，其中三个烟蒂验出了和被害人血型一样的 A 型唾液……然后有两个饮料瓶的盖子、一个十日元硬币、一张糖纸和两根烤串的竹签……"

虽然还有其他东西，但都是一些近乎垃圾的东西。

"……以上就是从现场采集到的物品，其次是脚印。总共查出了六个人的脚印，除去最先发现尸体的人、最初赶到现场的地域课警官和被害人，剩下的三种都是男性的脚印。二十六厘米的球鞋、二十七厘米的球鞋和二十七厘米的皮鞋，目前正在了解这些鞋的制造商。"

其中，二十七厘米球鞋脚印的动脉看起来像是杀害被害人之后，往大马路的方向逃走，因此接下来将重点彻查放在那个脚印。鉴定人员最后说明了日后的侦办计划后，结束了报告。

"接下来，是现场调查。从一区开始，日下主任。"

"是。"

被点到名的日下警部补日后成为玲子的死对头，但当时玲子坐在最后一排，所以对他的长相并没有特别的印象，也没有特别产生厌恶感。

共有十个小组的人员负责现场调查工作，但并没有太大的收获，没有找到目击犯罪现场的当地民众，白天的时候，虽然有流浪汉在公园活动，但因为目前这个季节的关系，没有人晚上在那里过夜。

虽然公园面对着人来人往的马路，但被害人倒在树丛前，刚好位于死角，而且是路灯照不到的暗处，因此，直到早上才被人发现。

现场调查组报告完毕后，由负责搜索被害人所住房屋的人员进行汇报。

"被害人的住处是一间十平方米大的房间，还有带厕所的简易卫浴间、小型厨房……作为这个年龄还过着单身生活的女性，房间算是比较简朴的。"

报告的人正是不久之后，成为玲子下属的菊田巡查部长。玲子记得当初对他也没有任何感觉。

搜索被害人房间后，扣押的物品如下：

记事本。银行存折、各种卡片、笔电、录像带、书籍、洗衣篮内的衣物、毛发、梳子和牙刷等生活用品。

室内采集到几枚看起来像是男性的指纹，可能与那几名女事务员的证词有关。

"接下来报告被害人公司的调查情况，入江主任。"

"是。"

终于轮到报告和田电设的调查情况。

"……杉本香苗高中毕业后进入和田电设，之后在那家公司工作了二十四年。出勤状况良好，每年会请两三次病假，这几年都没有无故缺勤的情况。至于工作方面，公司的会计业务都以她为主，由她全权负责。月薪含税三十二万日元。并没有和某个固定男子交往的迹象。除了喜欢喝酒之外，也没有什么其他爱好。所以有好几个关联者都猜测她应该有不少存款。这些钱的用途由其他小组进行报告。"

入江看向玲子她们这边，高野立刻站了起来。

"是，我负责向伊藤静江、中村知子和武田由贵这三名女性事务员了解情况，根据这三位所说，杉本香苗……"

高野说话的态度，好像全都是她一个人调查的，而且，更令人心塞的是，她的报告内容反响颇佳。当她说到香苗借由贷款逼迫男人和她发生肉体关系时，会场上立刻出现了怀疑被香苗威胁的男人心生怨恨而杀人的声音。

而且，负责调查被害人持有物品的侦查员报告的内容更耐人寻味。

　　"被害人同时使用了好几个预付卡手机，向电信公司确认后发现，以杉本香苗名义签约的号码总共有六个，请问一下，有没有从被害人家中带回插着预付卡的手机？"

　　"一部都没有。"搜索被害人房间的侦查员回答。

　　"……也就是说，香苗可能签约了这些号码后，交给和她有金钱借贷关系，或是进而发展成肉体关系的男人，用来和他们联络。香苗死亡时所持有的手机上接到的最后一通电话，正是这六个号码之一。香苗接到自己签约的号码打来的电话，前往命案现场的儿童公园，在那里遭到杀害。"

　　"我有意见。"

　　前方有人说道。

　　"不能因为那个号码的问题，就认定是使用号码的人约她出来并杀了她。而且，现阶段也没有证据可以证明拿她电话的人是和她有肉体关系的男人。"

　　报告到一半的侦查员很凶地盯着前面的方向。今泉并不希望会议出现争执，插嘴说道：

　　"的确，现阶段认定通话对象就是凶手还为时过早，但持有手机的人可能了解某些情况……明天开始，要彻底清查到底是谁拿着这六个手机号码，也要申请电信公司协助配合调查。"

　　之后，又有几个人相继报告一天的侦查情况，最后全员自我介绍后，结束了第一次侦查会议。

第二天的侦查工作根据第一天调查的结果有所调整，人员分配也大幅改变。

寻找目击者的现地调查人员大幅减少，只剩下五个小组，总共十个人，调查香苗记事本上记录的男性相关者的刑警人数大幅增加，变成十一个小组，总共二十二人。玲子也被分配在这一组。另外，还有三个小组的六名成员去调查鞋子的品牌和销售地点，两个小组的四名成员去电信公司调查相关资料。为了了解香苗的过去，还派了一个小组的两名成员前往静冈县岛田市——

搜查进入第五天，终于找到了一名拿了香苗名下手机号的男子。田口俊一，三十三岁，是与和田电设有往来关系的厂家的业务员，玲子并没有见到他，但听其他侦查员说，他的长相很帅气。

其他人也都陆续查了出来。第七天找到了第二个人，第八天找到了第三个人，第十二天找到了第四个人。

但是，这四个人在命案当天晚上都有不在场证明，而且也不是在被害人死前打给她的那个号码，所以警方认为他们不是凶手。

还有另外两名号码持有者——

搜查总部得到了电信公司的协助，试图靠追踪微弱电波，找到嫌犯的所在地，但那两个人似乎都关机了，即使拨打电话也无法接通，根本收不到微弱电波。

这时，和田电设的一名男员工坦白承认香苗借给他一部手机。

这名装空调的工人叫齐藤雅治，三十四岁。香苗的记事本上有他的名字，案发前不久向香苗借了钱。因为他外表英俊，负责问话的侦查员认为他很可疑，再三追问之下，他终于说出了实情。

但是，齐藤的手机也不是案发当晚打电话给香苗的那个号码。齐藤供述称得知拿着手机的人会被警方怀疑，所以一直关机。原本打算近期找个地方把手机扔掉，但不知道会不会被刑警盯梢，才迟迟没有行动。

还剩下一个人持有电话——

但是，香苗记事本上的男人几乎都查遍了，没有其他人拿了香苗的预付卡手机，也没有发现因为不在场证明或其他原因被认定有嫌疑的人。

玲子也有些着急起来。

如果用和其他侦查员一样的方式办案，不可能立下大功。尤其这次的搭档在侦查会议上，完全不让玲子有发言的机会，以玲子目前的立场，也无法主动提出更换搭档的要求。因为和高野在一起我无法立大功——搜查总部的上司当然不可能因为这种理由同意她的请求，搞不好听到这种理由，还会说这里根本不需要你这种侦查员，把她赶回碑文谷警署。

对地方警署的侦查员来说，和警视厅的人共同合作办案时，是被看中调去警视厅的大好机会。如果办案能力能够获得一课上司的赏识，就是调去警视厅的捷径。

无论如何，都要把握这个机会。有没有自己一个人能够完成的事？有没有可以不受高野干扰，独立完成，有助于破案，又能够明确立下功劳的金矿？有没有什么其他人没注意到的决定性证据，有助于查出那最后一个号码持有人？

她四处张望，目光突然停留在某处。

在大礼堂上座旁边设置的资料区，有一台白色的电脑。那是从香苗家里扣押的物品。玲子想起之前没有人报告过查电脑的情况——

第十三天的会议一结束，玲子立刻向上座走去，直接找搜查总部的实质领导人，搜查一课十系系长今泉警部。

"抱歉——"

今泉正准备离开，一脸惊讶地看着玲子。

"我是碑文谷署的姬川巡查部长，我有一个问题想要请教警部。"

今泉两道海苔片似的浓眉紧紧地挤在眉间。

"什么事？会议已经结束了。"

"我知道，但我刚刚才想到，拜托了。"

今泉用锐利的眼神看着玲子。

玲子没有转移视线，迎向他的目光。

今泉两片颜色很浅的干燥嘴唇终于开启了。

"……什么事？你说说看。"

"是。"

呼——玲子在心里松了口气。

"放在那里的那台从被害人家中扣押的电脑，有人查过里面的内容吗？"

今泉眉间的力量仍然没有放松。

"这里的重案组组长把里面的电子邮件和文件内容都打了出来，我和他都看过了，并没有发现任何重要的内容，所以没在报告里提起。"

"没有通讯录吗？"

"除了记事本以外的吗？"

“对，比如说，印刷贺卡时的数据库，做成文档形式的地址簿。”

“没看到这种东西。”

“那有没有查过上网浏览的历史记录？”

今泉的视线和表情都没有任何变化。

“……应该查过，但听说没有和本案相关的记录。”

玲子咬紧牙关，吞了一口口水后，才终于开口。

“……可不可以交给我重新查一下？”

今泉的嘴微微噘了一下。

“这方面你很擅长？”

刑警这个职业，大部分人岁数都不小了，所以对电脑这种东西也不太擅长。据说清查过电脑的重案组组长也是一位年近五十的警部补，很可能只是形式性地查了一下而已。

“对，我很擅长。”

擅不擅长这种事，当然都是自己说了算。即使说自己很擅长，最后没有查到任何有价值的资料，也不会受到处分。

“……好，那就交给你。你现在的搭档是谁？”

“品川署的高野巡查部长。”

“要不要换搭档？”

怎么办？

如果贸然换了搭档，可能就会被身边的人发觉自己在干什么。虽说多少会有些困难，但这条线索也许还是偷偷地调查比较好。

“……不，我会继续进行目前的工作，这些是我额外想要查的，所以不用换搭档。”

今泉眯了一下眼睛。

"好吧。指纹已经采集完毕，你可以拿去好好查一下，我会帮你弄好带走的相关手续。"

玲子微微欠了欠身，向他道谢。

当她转过头时，发现高野正站在远处看着自己，她没有直接带走电脑，而是先离开礼堂去了厕所。

半夜时分，等大部分侦查员都离开后，玲子才把礼堂里的电脑带走。

她拿去一楼的警务课，借用了网线连好。这样一来，就可以自由上网了。

她逐一清查了杉本香苗生前浏览的网站，记录只能保存三十天，但香苗遭到杀害已经十四天了，也就是说，如今只剩下十六天的记录。到底能不能在其中找到有价值的资讯？

这是漫长而单调的工作。

玲子点击了每一个留在记录上的网站，看了网站的内容。香苗似乎对时尚、购物、电影、音乐、书籍、股票和房地产都有兴趣。

但是，香苗并不是每天必看这些网站，有时候几天才打开一次，也有的只看过一次而已。但是，玲子注意到其中有一个是非常有名的论坛"B频道"。

这个论坛上涵盖了社会、学问、生活趣味、文娱、广播、电脑等一切大家可能感兴趣的领域。论坛还细分成了一个个的小板块。然后在板块下面"帖子"里跟帖。

比如，在"娱乐版"中的"女明星"论坛里，有"一起来讨论

○○是否整容了吧"的帖子，回帖者就可以随意各抒己见，如○○这个明星是否整容，哪个部位整容，以及什么时候开始整的，鼻子和之前不一样，眼睛和胸部的变化，等等。

香苗每天都去这个网站，而且是"男士止步"板块"欺负职场上的讨厌鬼"这个帖子的常客。

一开始，玲子甚至不知道哪一则跟帖是香苗写的，但在仔细比对香苗登录的时间和跟帖下方所显示的 IP 地址后，终于锁定了可能是香苗的跟帖。

然后，玲子再追踪过去的跟帖记录，了解到香苗从什么时候开始出入这个版块，以及什么时候做什么，觉得什么事情有趣，又对什么事生气，以及想要陷害谁等情况。

香苗当然没有在跟帖中提到公司名或是人名，但是，玲子当然知道"W 公司"是指"和田电设株式会社"，也大致猜到她指的"猪女"是谁——

第二天早晨，玲子向今泉要求再度侦讯和田电设的女职员。当然，即使那名女职员受到欺凌，也不等于她杀了香苗。但是，若是果真有这么一回事的话，很多事都可以有合理的解释。

"首先是预付卡的问题，只要有健康保险证，即使不是本人，也可以申请号码。假设和田电设需要向员工确认保险证的号码，有人看到香苗从抽屉里拿出保险证，之后就可以伺机偷走保险证，假冒香苗去申请电话。即使香苗的保险证不是放在抽屉，放在置物柜里也是一样的。如果是放在置物柜里，公司的女职员则更容易动手脚。当然，这个人一定知道香苗会把装了预付卡的手机交给自己喜欢的男人这件

200

事。"

今泉的眼神变得很严肃，但并没有打断玲子的话。

"所以，我认为有必要重新调查目前查到的六个号码的申请表……还有笔迹，如果电话公司还保留了当时的申请表，就要清查上面的指纹。我猜想第六个号码的申请表上应该没有香苗的指纹，而是留下了别人的指纹，笔迹也不同。因为别人不可能在店员面前写出香苗的笔迹。"

今泉低吟了一声，伸出食指，拨了拨眉头。

"……姬川巡查部长，重新清查申请表这件事没问题，今天就会派几个小组去电信公司，但是，你凭什么认定那名女职员就是'猪女'？就算真的是她，请她来接受调查的时候，你有自信可以从她嘴里问出什么吗？"

自信这东西，关键不在于有没有，而是自认为有没有。

"我对这条线索很有自信，虽然只是在自愿的情况下请她过来接受调查，证据也是比较间接的，但仍然很有可能让她交代出实情。"

今泉静静地站了起来，把正在礼堂里的高野叫了过来。

"今天你们再去和田电设了解情况，但这次由姬川巡查部长主导。"

高野听了之后，回答了一声"是"，然后用力抿着嘴。

玲子她们请女职员到和田电设附近的咖啡厅，身穿制服的女职员和上次没什么不同，走进店里时，浑身散发着阴森的感觉。

"不好意思，让你在忙碌的时候抽空过来。"

女职员微微地欠了欠身，如果不提出具体的问题，她是不会主动开口的。但没有关系，玲子决定自顾自说话，同时观察她的反应。

"……不瞒你说，我们调查了去世的杉本香苗小姐电脑上的记录，从回帖中发现，她似乎不停地欺负公司里某位女同事。"

女职员惊讶地转动着眼珠，但随即不知道想起了什么，又垂下双眼。

"杉本小姐故意把那位同时很重要的传真藏起来，或是把自己的过错嫁祸给她。除此以外，还有很多……比如，把洗洁精倒进那位同事放在茶水间的马克杯里，或是用她午休时刷牙用的牙刷，去刷排水孔，牙刷变得黑漆漆的。还去厕所的垃圾桶里拿了她使用过的卫生巾，当着其他男员工的面，丢在她的桌子上说，包装纸是塑胶，要做垃圾分类，或是把厨余垃圾丢在她的置物柜里。总之，几乎每天都有各种不同的花样。"

女职员的脖子、肩膀不停地颤抖，好像在忍受着寒意。

"她在回帖留言中，用'猪女'来形容那名同事……武田小姐？"

她再度深深地吸了一口气，抬起双眼。

"正如我刚才说的，她把这些内容写在网上的论坛里，公布在网络上供人耻笑……真的很过分吧？如果你遭受这种虐待……会不会想要杀她？"

一旁的高野用了可怕的眼神瞪着玲子，但玲子不理会她。即使对方是凶手，也要努力寻找能够产生共鸣的情感诉诸对方，这是调查杀人案的基本，办抢劫案的人根本不可能了解。

"如果我说错了，请你见谅，不过我在猜想杉本小姐口中的'猪女'会不会就是你？因为在和田电设的女员工中，没有人比杉本小姐更胖，所以，我觉得'猪'这个字并不是针对容貌的鄙视……如果用训读的方式读你的姓氏'武田'，就变成了'buta'，刚好和'猪'的发音相同，

202

我猜对了吗？”

她的颤抖已经传染到下巴。

“杉本小姐……有没有欺负你？”

她的头低垂了下来，不知道是肯定还是否定的意思。

“她有没有欺负你？”

这次她明确地点头，一滴眼泪滴在桌子上，飞溅成星形。

“……你觉得只有杀了她，才能解决问题吗？”

她的表情痛苦地扭曲着，缓缓地低下了头。

“但是，你应该很清楚，这并不是正确的解决方法吧？因为你特地用预付卡的手机故布疑阵。”

没想到她突然抬起头，瞪着玲子。

玲子第一次看到武田由贵强硬的神情。

“我的确杀了杉本，但我并不认为我做错了，也没有后悔。”

她和玲子互瞪了好一阵子。

这次随时传讯没有更多的收获了。

虽然找到了凶手，但玲子却没什么引领案件解决的真实感。

武田由贵招供了自己的全部罪行。从预付卡手机的申请表上采集到她的指纹，在搜索她的房间时，也找到了作为凶器的水果刀和手机。

两个月后，她第一次出庭接受审判。

辩方并没有主张无罪，只是将辩论的重点放在她行凶杀人之前的过程，以及和被害人之间的关系上，显然希望法官酌情减轻量刑。

检方虽然能够理解她的作案动机，但列举了被告使用预付卡手机故布疑阵，故意购买大尺码的球鞋，试图让人以为凶手是男性等事实，证明是有预谋的犯罪行为，而且相当恶劣。

七个月后的一审宣判时，判决远远低于检方给出的量刑意见十二年，只判处七年两个月的有期徒刑。

法官陈述了量刑的依据。虽然犯罪行为的确恶劣而且是有预谋有计划的，但动机有减轻量刑的余地，从犯案状况来看，再犯的可能性也相当低。辩方和检方都没有提出上诉，此案就宣告结案，武田由贵的判决确定。

四年时间过去了。

对玲子来说，武田由贵事件提供了她认识今泉的机会，也成为她人生的转折点，但除此以外，并没有令她留下深刻的印象。所以，在收到信时，即使看了寄件人的名字，她也没有立刻想起那是谁。

"之前，我对你说了非常失礼的话。"

那封信以这句话开头，从信的内容看，难以想象就是当时曾经理直气壮地说"我并不后悔杀了她"的女人所写。而且，信的最后还说"我希望能够当面向你致歉"。

虽然玲子没有任何根据，但觉得她写的话都是出自真心。

所以，才决定去和她见面。

她们约在银座的咖啡厅。她穿着灰色的套装，很活泼的感觉，很难想象她刚出狱不久。

"好久不见。"

她的声音也很开朗、有精神，和当时判若两人。

玲子坦白地说出了自己的想法。

"我太惊讶了，你简直就像变了个人一样。怎么说好呢……我既感到高兴，又觉得很不可思议。"

由贵点了点头，鞠躬道歉："上次给你添麻烦了，真的很抱歉。"

然后，又接着说：

"那次之后，我一直很在意一件事。当时，你不是问我，是不是知道这并不是正确的解决方法……明明你说得很对，我却自以为是地坚持说自己没错，没有后悔……这件事就像一根刺一样，一直扎在我的心里。"

玲子的确记得她这样说过，但很惊讶她会对此耿耿于怀。而且还是这么漫长的四年里，一直无法释怀。

"谢谢你，没想到你一直记得那句话，我真的很高兴。而且……我希望我的问话并没有让你感到不快……请问你为什么会有如此的改变？发生了什么事吗？"

偶尔有被判刑的人，在监狱里接受了基督教的洗礼，整个人完全都改变了的例子。玲子只能想到这种情况了。

由贵点了点头，喝了一口红茶后说：

"……有一件事，我在警方审讯和开庭时都没说。杉本的确欺负了我，当时大部分的动机也源于此，我在当时也以为那是最大的因素，但是……事后回想起来，似乎另一个原因才是具体的动机。"

她的眼神和表情都很认真，可以从中感受到某种温柔。玲子发现自己情不自禁地被她的话所吸引了。

"……我不小心听到杉本和老板的对话。杉本因为不喜欢我，所以要求老板开除我……当时，老板的口气似乎也勉为其难地答应了。我想到自己要被开除，就觉得很害怕……"

玲子想象着由贵在和田电设的茶水室墙外偷听的样子。墙内的香苗表情很丑陋，老板也一副没出息的样子。

"之后……我就有一种强迫性的思想，只要杉本在那家公司，我就会失去这份工作。我父母很早就死了，在高中之前，一直都是亲戚在照顾我。所以，我强烈希望自己早日独立，高中一毕业，就进入和田电设。"

她静静地叹了口气。

"……对当时的我来说，那个职场是我唯一的容身之处。老实说，我知道自己很笨，也很迟钝，即使被人欺负也从来没想过要离开那里。只要有人叫我做这个，或是帮那个忙，有工作可以让我做，我就觉得别人需要我，在那里工作是有意义的。但是，杉本想要剥夺我的这一切，这样一来，就没人需要我了，我会失去自己的容身之处……我猜想，那才是我最大的动机。"

玲子非常能够理解她对职场依赖的心情。

"我知道即使这样，也不能那样做，但是，对当时的我来说，只想到那种方法……你当时问我的时候和在法庭上受审时，以及刚刚入狱服刑时，这种心情始终没有改变，但是……有一天，我收到了老板的信。"

信，老板——玲子忍不住微侧着头。

"'请你原谅我，当初没在公司保护你'老板在信的一开头就写了这句话。他还在信中说，日后假释时，他愿意当我的保证人，也希望我重回公司工作……看了他的信，我泪流不止……第一次觉得自己做了可怕的事。"

令人难过的错误——然而，由贵的眼神很平静、很温柔。

"……虽然我无法说清楚，那时候，我才终于懂得分辨什么是自己做错的事，什么是自己没有做错的事。所以……我想向你道歉……"

"是这样啊。"玲子轻声说道，她一脸安心的表情点了点头。

"所以，你现在又回和田上班了？"

她摇了摇头。

"不，我觉得不能太依赖老板，所以，只有假释时拜托了他当保证人。我在服刑期间考取了护理师的执照，目前正在做护理助手，但这家公司也是前老板介绍的。"

两个人又稍微聊了近况后，走出了咖啡厅。

走在街上，发现迎面吹来的风格外温暖。

"春天快来了——"

最后，由贵小声地嘀咕了这句话后，向玲子鞠躬告别了。

"……噢，原来那名犯人是因为这个原因改变了。"

汤田听完后，噘着嘴，微微歪着脑袋点了点头。

"嗯，我也有点惊讶，但是，我认为这种顺序很重要。"

"顺序？"

"对，顺序……通常罪犯在接受惩罚后，就会得到原谅，所以，出狱后再次回到社会……但是她犯罪后服了刑，但那时候她并没有接受对她的惩罚，她在没有意识到自己错误的情况下，觉得只要熬完刑期就好。因为接到了前老板的信……这么说可能有点奇怪，但她心里因为这个契机，真正接受了对她的惩罚，觉得要弥补自己犯下的罪。"

汤田歪着头，似乎仍然无法理解。

"也就是说，我觉得犯罪的人在得到他人的宽恕，并感受到这种宽恕后，内心才能接受对自己的处罚……当然，这只是理想主义，不是这种情况的人占绝大多数，但是，这些人往往会觉得自己接受了处罚，所以别人就应该宽恕他，觉得用服刑抵消了自己的罪过，所以就有再犯的可能……她的情况不一样，她感受到别人的宽恕，社会愿意重新接纳她，有人愿意接纳她。因为她有这种感受，所以能够用心来接受处罚，决定要偿还自己的罪。"

"有点像基督教的想法。"汤田说。

"对，没错，虽然我本身对宗教没有兴趣，但觉得也会有这种情况……嗯，我能够接受。你觉得呢？"

汤田说，他目前还无法体会。玲子觉得没有关系，总有一天，他能够理解。有时候虽然能够了解理论，却无法产生共鸣。玲子能够感受到，她从武田由贵像春天阳光般的温和笑容中，感受到了这一点。如今，她打算用近似感谢的心情，把这件事藏在心里。

这时，刚才暂时离开办公室的今泉回来了。

"喂，多摩成立了命案的搜查总部，全员准备，立刻赶过去。"

姬川班的成员全都站了起来，很有精神地回答："是！"

玲子独自耸了耸肩，苦笑起来。

不知道这次的凶手是怎样的人，但自己带着目前这种温暖的心情去办案，似乎不太妥当——

今泉立刻瞪着她问：

"姬川，怎么了？站起来没问题吗？"

"又在问这个……就说没事了嘛。那我走了。"

这种程度的腰疼，只要活动一下就好了。

因为，春天的脚步已经近了。